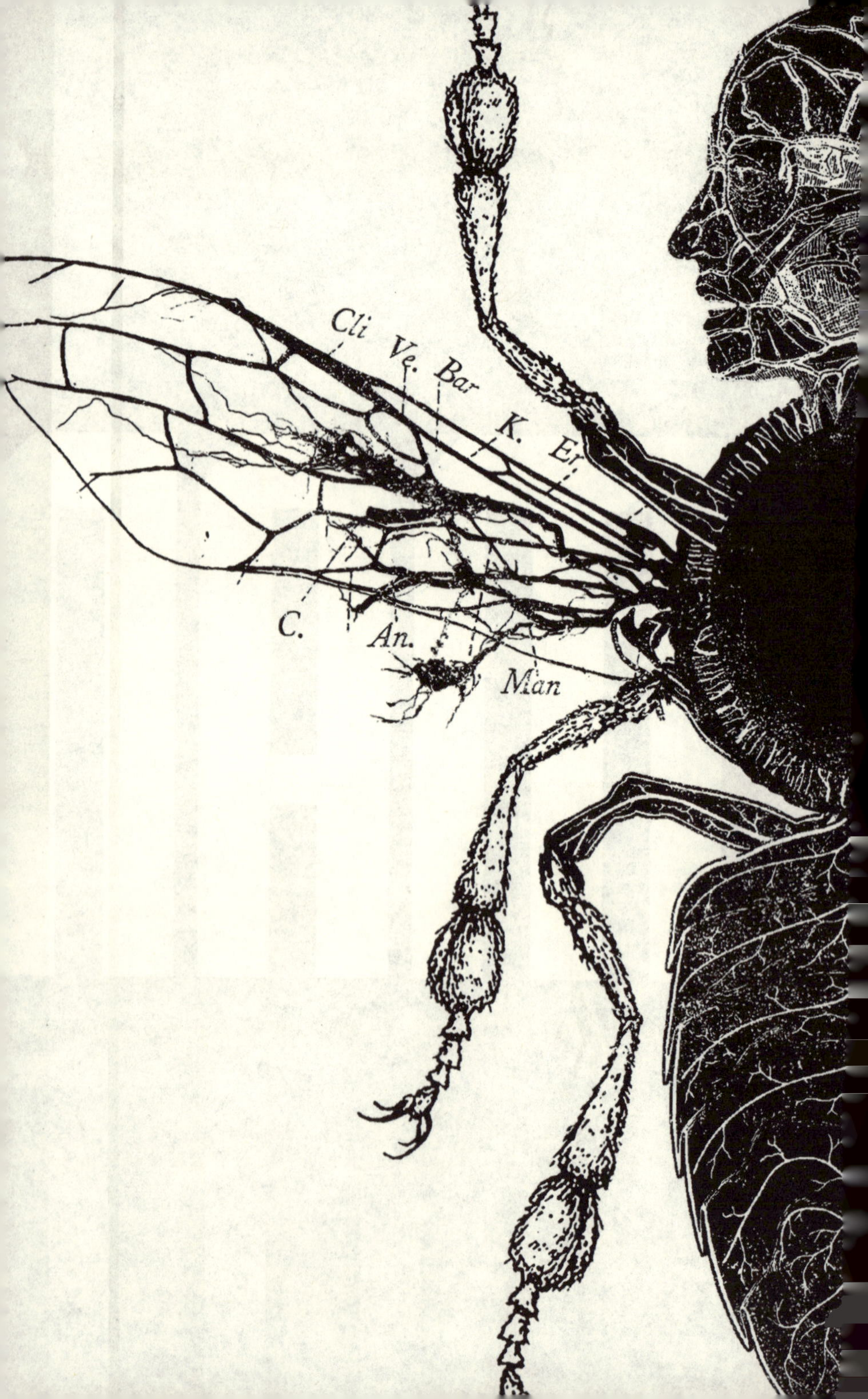
Cli
Ve.
Bar
K.
Er
C.
An.
Man

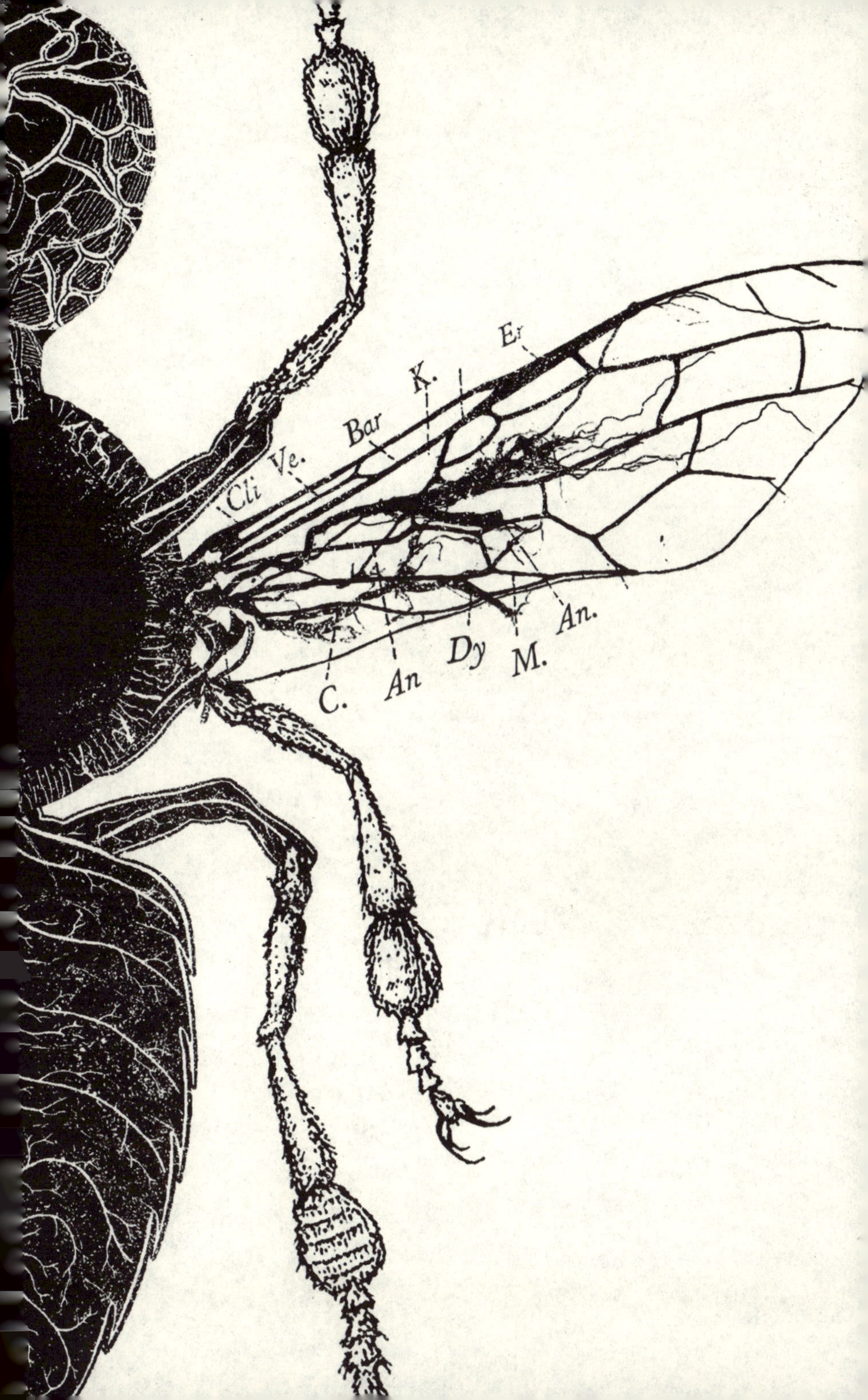
Er
K.
Bar
Ve.
Cli
An.
C.
An
Dy
M.

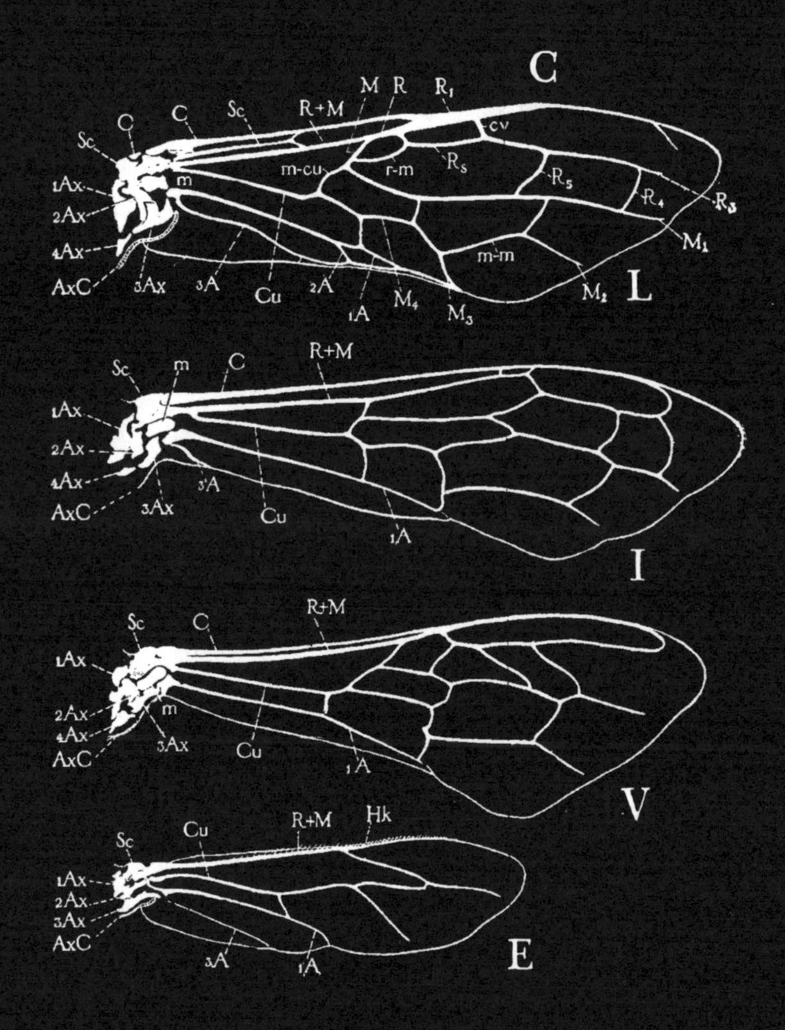
C
M
R
R_1
C
C
Sc
R+M
Sc
cv
m-cu
r-m
R_s
1Ax
m
R_5
R_4
R_3
2Ax
M_1
4Ax
m-m
AxC
3Ax
3A
Cu
2A
M_4
M_3
M_2
L
1A
Sc
m
C
R+M
1Ax
2Ax
4Ax
3'A
AxC
3Ax
Cu
1A
I
R+M
Sc
C
1Ax
2Ax
m
4Ax
3Ax
AxC
Cu
1A
V
Cu
R+M
Hk
Sc
1Ax
2Ax
3Ax
AxC
3A
1A
E

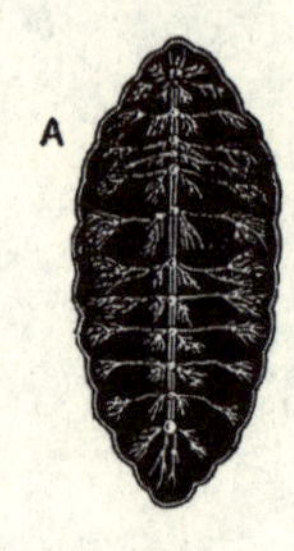

Título original: The Forbidden

Diretor Editorial
Christiano Menezes

Diretor Comercial
Chico de Assis

Gerente de Novos Negócios
Frederico Nicolay

Gerente de Marketing Digital
Mike Ribera

Editores
Bruno Dorigatti
Raquel Moritz

Editores Assistentes
Lielson Zeni
Nilsen Silva

Capa e Projeto Gráfico
Retina 78

Designer Assistente
Pauline Qui

Revisão
Cecília Floresta
Marlon Magno

Impressão
Gráfica Geográfica

DADOS INTERNACIONAIS DE CATALOGAÇÃO NA PUBLICAÇÃO (CIP)
Andreia de Almeida CRB-8/7889

Barker, Clive
Candyman / Clive Barker ; tradução de Eduardo Alves.
— Rio de Janeiro : DarkSide Books, 2019.
112 p. : il.

ISBN: 978-85-9454-034-8 (Candyman)
ISBN: 978-85-9454-149-9 (Experiência dark: Candyman)
Título original: The Forbidden

1. Ficção norte-americana 2. Terror I. Título II. Alves, Eduardo

17-0667 CDD 813

Índices para catálogo sistemático:

1. Ficção norte-americana

Rua Alcântara Machado, 36, sala 601, Centro
20081-010 — Rio de Janeiro — RJ — Brasil
www.darksidebooks.com

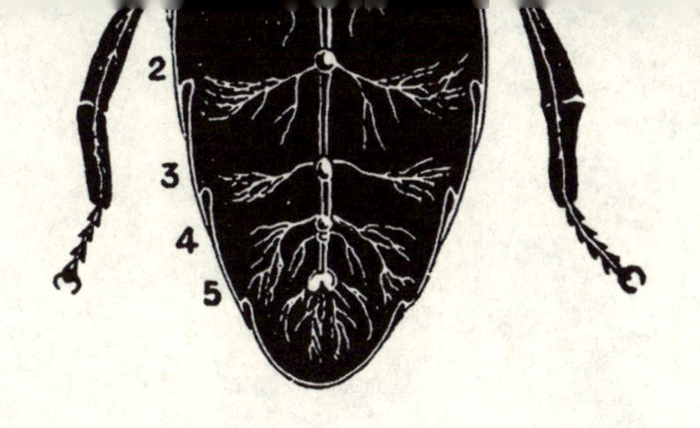

CLIVE BARKER

CANDYMAN

DARKSIDE

posfácio CARLOS PRIMATI
tradução EDUARDO ALVES

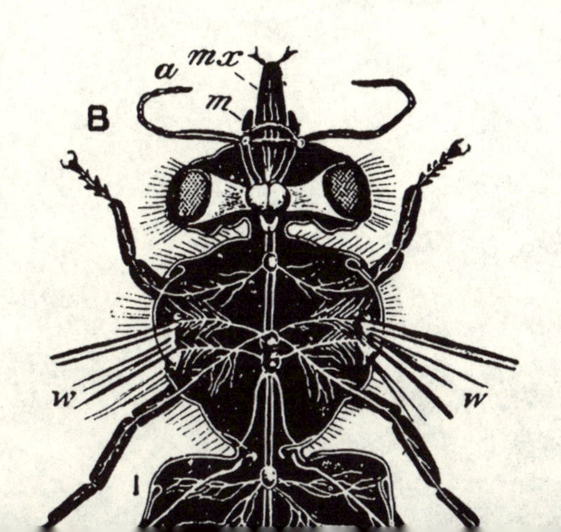

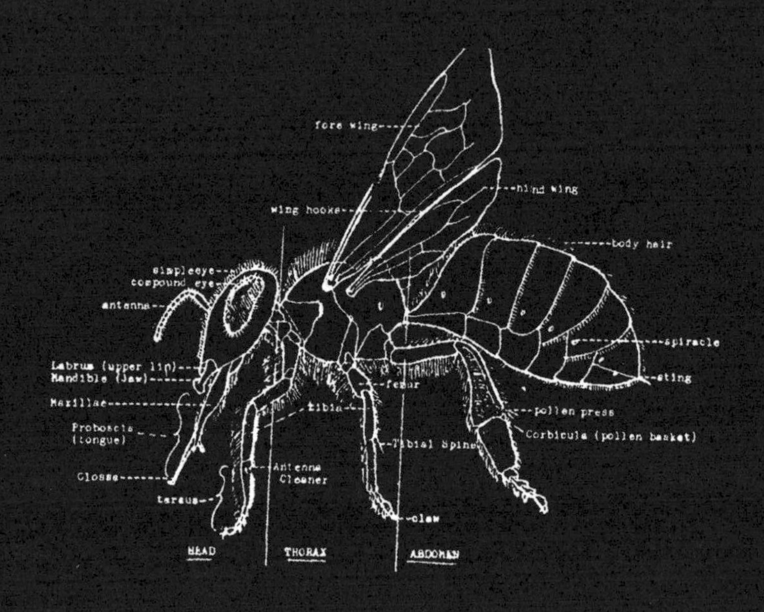

fore wing
hind wing
wing hooks
body hair
simpleeye
compound eye
antenna
Labrum (upper lip)
Mandible (Jaw)
Maxillae
Proboscis
(tongue)
Glossa
tarsus
tibia
femur
Tibial Spine
Antenna
Cleaner
claw
spiracle
sting
pollen press
Corbicula (pollen basket)
HEAD
THORAX
ABDOMEN

Como uma tragédia perfeita, cuja estrutura elegante passa despercebida por aqueles que a vivenciam, a perfeita geometria do Conjunto Habitacional da Spector Street era visível apenas de cima. Ao caminhar por seus cânions sombrios, atravessando corredores encardidos de um retângulo de concreto cinza para o outro, encontrava-se pouca coisa capaz de seduzir o olhar ou estimular a imaginação. As poucas mudas de árvores que tinham sido plantadas nos pátios há muito foram mutiladas ou arrancadas; a grama, embora alta, se recusava com determinação a adotar um verde saudável.

Sem dúvida, o conjunto e seus dois projetos habitacionais adjacentes tinham, certa vez, sido o sonho de um arquiteto. Com certeza, os planejadores urbanos choraram de prazer diante de um projeto que abrigava 336 pessoas por hectare e ainda alardeava espaço para um playground. Fortunas e reputações indubitáveis foram erguidas sobre a Spector Street, e, em sua inauguração, belas palavras foram ditas sobre o lugar ser o padrão segundo o qual todos os futuros projetos habitacionais seriam mensurados. Porém, os planejadores — lágrimas derramadas, palavras proferidas — abandonaram o conjunto habitacional à própria sorte; os arquitetos empregados restauraram casas georgianas no outro lado da cidade e é provável que nunca tenham botado os pés ali.

E sequer teriam ficado envergonhados pela deterioração do conjunto se o tivessem feito. Sua criação (eles com certeza argumentariam) permanecia tão brilhante quanto antes: a geometria continuava precisa, as proporções continuavam com os mesmos cálculos; foram as *pessoas* que estragaram a Spector Street. E não estariam errados em fazer tais acusações. Helen raras vezes vira uma área carente no centro da cidade tão completamente vandalizada. Postes de iluminação foram quebrados e cercas de quintais, tombadas; carros cujas rodas e motores foram removidos, e seus chassis queimados logo em seguida, obstruíam entradas de garagens. Em um bloco, três ou quatro apartamentos térreos tinham sido completamente destruídos por incêndios, as janelas e portas bloqueadas com tábuas e placas de metal onduladas.

Mais surpreendentes ainda eram as pichações. Foi isso o que havia ido ver, encorajada pelos comentários de Archie sobre o lugar, e não ficou decepcionada. Era difícil acreditar, ao fitar as inúmeras camadas de desenhos, nomes, obscenidades e dogmas rabiscados e pintados com tinta spray em cada tijolo disponível, que a Spector Street existia há apenas três anos e meio. As paredes, recentemente virgens, estavam agora desfiguradas de forma tão profunda que o Conselho do Departamento de Limpeza, responsável pela limpeza pública, não tinha esperanças de revertê-las às suas condições anteriores. Uma camada de cal para anular aquela cacofonia visual apenas ofereceria aos pichadores uma superfície fresca e ainda mais tentadora sobre a qual deixar suas marcas.

Helen estava no paraíso. Cada esquina que virava oferecia algum material novo para sua tese: "Pichação: a semiótica do desespero urbano". Era um assunto que combinava suas duas matérias favoritas — sociologia e estética — e, conforme caminhava ao redor do conjunto habitacional, começou a imaginar se não poderia haver um livro, além da tese, sobre aquele assunto. Ela andou de bloco em bloco, copiando uma grande quantidade dos rabiscos mais interessantes e anotando suas localizações. Então voltou para o carro a fim de pegar a câmera e o tripé, retornando às áreas mais férteis para fazer um minucioso registro visual das paredes.

Foi um negócio desagradável. Ela não era fotógrafa profissional, e as nuvens no céu de fim de outubro estavam em constante movimento, alterando a luz nos tijolos de um instante para o outro. Conforme ajustava e reajustava a exposição para compensar as mudanças na luz, seus dedos pouco a pouco foram ficando mais desajeitados e sua paciência se tornava mais curta na mesma proporção. Contudo, ela persistiu, a despeito da curiosidade dos transeuntes. Havia tantos desenhos para documentar. Lembrou a si mesma que seu presente desconforto seria amplamente recompensado quando mostrasse os slides para Trevor, cuja incerteza a respeito da validez do projeto ficara evidente de maneira muito clara desde o começo.

"A escrita na parede?", dissera ele, abrindo um daqueles seus meio sorrisos irritantes. "Isso já foi feito centenas de vezes."

Era verdade, claro; mas, por outro lado, não era. Com certeza, havia trabalhos acadêmicos sobre pichação, repletos de jargões sociológicos: *destituição de direitos culturais*; *alienação urbana*. Porém, Helen flertava com a ideia de que *ela* poderia encontrar algo no meio daquele amontoado de rabiscos que não fora desvendado pelos analistas anteriores: alguma convenção uniforme, talvez, que pudesse usar como elemento principal em sua tese. Apenas a criação vigorosa de um catálogo e de referências cruzadas das frases e imagens diante dela poderia revelar tal correspondência; daí a importância daquele estudo fotográfico. Tantas mãos tinham trabalhado ali; tantas mentes deixaram suas marcas, por mais casuais que fossem. Se conseguisse encontrar algum padrão, algum motivo predominante ou um *tema*, sua tese com certeza receberia muita atenção e, por sua vez, ela também.

"O que você está fazendo?", perguntou uma voz atrás de Helen.

Ela afastou aquelas considerações e se virou para ver uma jovem com um carrinho de bebê na calçada atrás dela. Parecia cansada, pensou Helen, e castigada pelo frio. A criança no carrinho choramingava, os dedos sujos agarrando um pirulito de laranja e a embalagem de uma barra de chocolate. A maior parte do chocolate e os restos das jujubas que ela comera antes estavam dispostos na parte da frente de seu casaco.

Helen abriu um pequeno sorriso para a mulher; ela parecia precisar de um.

"Estou fotografando as paredes", disse em resposta à pergunta inicial, embora com certeza isso fosse perfeitamente óbvio.

A mulher — ela não devia ter mais de vinte anos, calculou Helen — disse:

"Você quer dizer a imundice?"

"A escrita e os desenhos", falou Helen. E então: "Sim. A imundice".

"Você é do conselho?"

"Não, da universidade."

"Isso é asqueroso pra caramba!", exclamou a mulher. "O jeito como eles fazem isso. E também não é só a molecada."

"Não?"

"Adultos. Adultos também. Eles não estão nem aí. Fazem isso em plena luz do dia. Você vê eles... em plena luz do dia." Ela olhou para a criança, que estava afiando o pirulito no chão. "Kerry!", ralhou ela, mas o menino não lhe deu atenção. "Eles vão limpar isso?", perguntou a Helen.

"Não sei", respondeu ela, reiterando: "Sou da universidade".

"Ah", disse a mulher, como se isso fosse uma informação nova, "então você não tem nada a ver com o conselho?"

"Não."

"Alguns deles são obscenos, né? Bem sacanas. Fico envergonhada quando vejo algumas das coisas que desenharam."

Helen assentiu, lançando um olhar para o menino no carrinho. Kerry tinha decidido guardar o pirulito para mais tarde, colocando-o na orelha.

"Não faça isso!", repreendeu a mãe, que se inclinou para dar um tapa na mão da criança. O golpe, que foi insignificante, fez o rebento começar a berrar. Helen aproveitou a oportunidade para voltar à sua câmera. Porém, a mulher ainda queria conversar. "E também não é só do lado de fora", comentou.

"Como disse?", perguntou Helen.

"Eles invadem os apartamentos quando ficam vagos. O conselho tentou fechar com tábuas, mas não adianta nada. Eles invadem mesmo assim. Usam os apartamentos como banheiros e escrevem outras imundices nas paredes. Eles também acendem fogueiras. Assim ninguém pode se mudar para lá."

Aquela descrição despertou a curiosidade de Helen. Será que as pichações nas paredes de *dentro* seriam muito diferentes das exibições públicas? Com certeza valia a pena investigar.

"Existem alguns lugares assim que você conheça por aqui?"

"Apartamentos vazios, você quer dizer?"

"Com pichações."

"Só aqui perto da gente tem um ou dois", acrescentou a mulher. "Eu moro em Butts' Court."

"Você pode me mostrar?", indagou Helen.

A mulher deu de ombros.

"A propósito, meu nome é Helen Buchanan."

"Anne-Marie", respondeu a mãe.

"Eu ficaria muito agradecida se você pudesse me mostrar onde fica um desses apartamentos vazios."

Anne-Marie ficou perplexa com o entusiasmo de Helen e não fez nenhuma tentativa para disfarçar, mas deu de ombros outra vez e disse:

"Não tem muita coisa para ver. Só mais do mesmo."

Helen guardou seu equipamento e elas caminharam lado a lado através dos corredores que se entrecruzavam entre um bloco e outro. Embora o conjunto habitacional fosse feito de prédios baixos, cada bloco com apenas cinco andares, o efeito de cada pátio era terrivelmente claustrofóbico. As passarelas e escadarias eram o sonho de qualquer ladrão, repletas de pontos cegos e túneis mal-iluminados. Os equipamentos de despejo de lixo — calhas que desciam a partir dos andares superiores pelas quais sacos de lixo podiam ser jogados — havia muito foram selados, graças à sua eficiência como bloqueadores de fogo. Agora, sacos plásticos, muitos deles rasgados por cães vadios, eram amontoados nos corredores em grandes pilhas, com seus conteúdos espalhados pelo chão. O cheiro, mesmo no clima frio, era desagradável. No auge do verão, deveria ser avassalador.

"Eu moro do outro lado", disse Anne-Marie, apontando para o outro extremo do pátio. "Aquele com a porta amarela." Ela então apontou para o lado oposto do pátio. "Cinco ou seis apartamentos a partir do fundo", disse. "Há dois deles vazios. Já faz algumas semanas. Uma das famílias se mudou para Ruskin Court; a outra deu no pé no meio da noite."

Dito isso, ela deu as costas a Helen e empurrou Kerry, que começara a deixar rastros, cuspindo pela lateral do carrinho, ao redor do pátio.

"Obrigada", falou Helen logo atrás. Anne-Marie lançou um olhar rápido por cima do ombro, mas não respondeu. Com o apetite aguçado, Helen avançou ao longo da fileira de apartamentos do andar térreo, muitos dos quais, embora habitados, mostravam poucos sinais de estarem ocupados. As cortinas permaneciam bem fechadas; não havia garrafas de leite diante das portas nem brinquedos de crianças largados nos lugares onde tinham sido usados. Nenhum sinal, na verdade, de *vida* ali. *Havia* pichações, no entanto, feitas com tinta spray — para sua surpresa —, nas portas dos apartamentos ocupados. Ela concedeu apenas uma leitura casual aos rabiscos, em parte por temer que uma das portas pudesse ser aberta enquanto examinava uma das pinturas mais obscenas, mas principalmente porque estava ansiosa para ver quais revelações os apartamentos vazios poderiam oferecer.

O fedor nefasto de urina, tanto fresca quanto estagnada, lhe deu as boas-vindas na soleira do número 14, e em um nível inferior, o cheiro de tinta e plástico queimado. Ela hesitou por dez segundos inteiros, se perguntando se entrar no apartamento seria uma atitude sensata. O território do conjunto habitacional era indiscutivelmente estranho a Helen, isolado em seu próprio mistério, mas os cômodos diante dela eram ainda mais intimidadores: um labirinto escuro que seus olhos mal conseguiam penetrar. Contudo, quando sua coragem vacilou, ela pensou em Trevor e no quanto queria silenciar sua condescendência. Pensando assim, ela entrou no apartamento, chutando deliberadamente um pedaço de madeira chamuscada para o lado, na esperança de fazer qualquer inquilino se mostrar.

Não houve nenhum barulho de ocupação, porém. Ganhando confiança, ela começou a explorar o cômodo do apartamento, que tinha sido — considerando-se os restos de um sofá estripado em um canto e o tapete encharcado embaixo dele — uma sala de estar. As paredes verde-claras estavam, como Anne-Marie prometera, consideravelmente estragadas, tanto por rabiscadores secundários — contentes em trabalhar com caneta, ou até mesmo de forma mais grosseira, com carvão macio — e por aqueles com aspirações para obras públicas, que tinham pintado a parede com tinta spray em meia dúzia de cores.

Alguns dos comentários eram interessantes, embora ela já tivesse visto muitos daquele tipo nas paredes do lado de fora. Nomes conhecidos e cenas de coito se repetiam. Ainda que nunca tivesse posto os olhos sobre aqueles indivíduos, ela sabia o quanto Fabian J. (demais!) queria deflorar Michelle; e que Michelle, por sua vez, tinha uma queda por alguém chamado Senhor Esplendor. Ali, como em outros lugares, um homem conhecido como Rato Branco vangloriava-se de seus dotes e o retorno dos Irmãos Chantilly estava prometido em tinta vermelha. Um ou dois desenhos que acompanhavam essas frases, ou pelo menos adjacentes, eram de interesse especial. Uma simplicidade quase emblemática os dedurava. Ao lado da palavra *Christos* via-se um boneco de palitos cujos cabelos irradiavam de sua cabeça feito espinhos, e havia outras cabeças empaladas em cada espinho. Perto dele, havia a imagem de uma relação sexual tão brutalmente reduzida que a princípio Helen achou que ilustrava uma faca precipitando-se para dentro de um olho cego. Todavia, por mais fascinantes que as imagens fossem, a sala estava escura demais para seu filme e ela se esquecera de levar flash. Se quisesse um registro confiável daquelas descobertas, teria que voltar de novo e, por enquanto, se contentar com uma simples exploração do local.

O apartamento não era muito grande, mas todas as janelas tinham sido bloqueadas com tábuas e, à medida que Helen se afastava cada vez mais da porta da frente, a luz incerta enfraquecia. O fedor de urina, que estivera forte na entrada, também se intensificou, até que, quando chegou aos fundos da sala de estar, caminhando ao longo de um corredor curto até outro cômodo além, o odor se tornara tão enjoativo quanto incenso. Esse cômodo, sendo o mais distante da porta da frente, também era o mais escuro, e ela teve que esperar alguns instantes na escuridão desordenada para permitir que seus olhos se tornassem úteis. Aquele, ela supôs, foi o quarto. A pouca mobília que os residentes deixaram para trás fora arrebentada até virar pedacinhos. Apenas o colchão foi mantido relativamente intocado, jogado em um canto do quarto entre uma lamentável pilha de cobertores, jornais e pedaços de louça.

Do lado de fora, o sol encontrou caminho entre as nuvens, e dois ou três raios penetravam através das tábuas pregadas sobre a janela do quarto, perfurando o cômodo como anunciações e marcando a parede oposta com linhas reluzentes. Ali, os pichadores haviam se ocupado mais uma vez: o costumeiro clamor de cartas de amor e ameaças. Ela examinou rapidamente a parede e, enquanto o fazia, seu olhar foi levado pelos raios de luz até o outro lado do quarto, para a parede onde ficava a porta pela qual entrara.

Ali, os artistas também estiveram trabalhando, mas tinham criado uma imagem cuja semelhança ela não vira em nenhum outro lugar. Usando a porta, localizada no meio da parede, como uma boca, os artistas pintaram com spray uma única cabeça enorme no reboco descascado. A pintura era mais hábil do que a maioria que ela já tinha visto, repleta de detalhes que emprestavam à imagem uma veracidade perturbadora. As maçãs do rosto saltavam através da pele que tinha cor de leite desnatado; os dentes, afiados em pontas irregulares, convergiam todos sobre a porta. Os olhos do modelo, por causa do teto baixo do cômodo, encontravam-se a poucos centímetros do lábio superior, mas esse ajuste físico apenas emprestava força à imagem, dando a impressão de que ele tinha jogado a cabeça para trás. Fios emaranhados de cabelo serpenteavam a partir do escalpo e através do teto.

Seria aquilo um retrato? Havia algo irritantemente *específico* nos detalhes das sobrancelhas e nas linhas ao redor da boca escancarada; na cuidadosa representação daqueles dentes perversos. Um pesadelo, com certeza: um fac-símile, talvez, de algo saído de uma viagem de heroína. Qualquer que fosse sua origem, aquilo era poderoso. Até mesmo a ilusão da porta-como-boca funcionava. O curto corredor entre a sala de estar e o quarto dava uma garganta aceitável, com uma luminária em frangalhos no lugar das amígdalas. Além da garganta, o dia queimava, pálido, na barriga do pesadelo. O efeito completo trazia à mente um quadro de um trem fantasma. A mesma deformidade heroica, a mesma intenção desavergonhada de assustar. E funcionava; Helen permaneceu parada no quarto quase estupidificada pelo desenho, os olhos, margeados de vermelho, fixos nela de um modo implacável. No dia seguinte, decidiu, voltaria para lá, mas com um filme de alta velocidade e um flash para iluminar aquela obra-prima.

Enquanto se preparava para ir embora, o sol foi encoberto e as faixas de luz desvaneceram. Por cima do ombro, ela olhou para as janelas cobertas de tábua e viu, pela primeira vez, que um slogan de quatro palavras fora pintado com spray na parede logo abaixo.

"Doces para um doce", lia-se. Ela conhecia a citação, mas não a fonte. Seria uma declaração de amor? Caso sim, era um local estranho para tal confissão. Apesar do colchão no canto e da relativa privacidade daquele quarto, ela não conseguia imaginar o alvo de tais palavras entrando ali para receber um buquê. Nenhum casal de amantes adolescentes, por mais excitado, deitaria ali para brincar de papai e mamãe; não sob o olhar daquela coisa pavorosa na parede. Ela cruzou o cômodo para examinar a escrita. A tinta parecia ser do mesmo tom de rosa usado para colorir as gengivas do homem que gritava; talvez pela mesma mão?

Atrás dela, um barulho. Ela se virou tão depressa que quase tropeçou no colchão coberto de mantas.

"Quem...?"

Do outro lado da sala de estar, na parte mais estreita da garganta, havia um garoto de seis ou sete anos com os joelhos cobertos por cascas de ferida. Ele encarou Helen, seus olhos cintilando na meia-luz, como se esperasse uma deixa.

"Pois não?", disse ela.

"Anne-Marie perguntou se você quer uma xícara de chá", declarou ele sem hesitação ou entonação.

Sua conversa com a mulher parecia ter acontecido há horas. Helen ficou grata pelo convite, contudo. A umidade dentro do apartamento a deixara gelada.

"Sim...", respondeu ao garoto. "Sim, por favor."

A criança não se mexeu, apenas ficou encarando-a.

"Você vai me mostrar o caminho?", perguntou Helen.

"Se você quiser", retrucou ele, incapaz de demonstrar algum traço de entusiasmo.

"Eu adoraria."

"Está tirando fotos?", perguntou ele.

"Sim, estou. Mas não aqui dentro."

"Por que não?"

"Está escuro demais", explicou.

"Não funciona no escuro?", questionou.

"Não."

O garoto assentiu, como se a informação de algum modo se encaixasse bem em seu esquema das coisas, e girou nos calcanhares sem dizer mais nada, claramente esperando que Helen o seguisse.

***

Se estivera taciturna na rua, Anne-Marie era o oposto disso na privacidade da própria cozinha. A curiosidade cautelosa se fora, sendo substituída por uma corrente de tagarelice animada e um constante vaivém entre meia dúzia de pequenas tarefas domésticas, como um malabarista que mantém diversos pratos girando ao mesmo tempo. Helen observava essa performance de equilibrista com certa admiração; suas próprias habilidades domésticas eram desprezíveis. Por fim, a conversa sem rumo se voltou para o assunto que levara Helen até ali.

"Essas fotos", disse Anne-Marie, "por que você queria tirar elas?"

"Estou escrevendo sobre pichação. As fotos vão ilustrar minha tese."

"Não é uma coisa muito bonita."

"Não, você tem razão, não é. Mas eu acho que é um assunto bem interessante."

Anne-Marie balançou a cabeça.

"Odeio este lugar", confessou. "Não é seguro aqui. As pessoas são roubadas na frente das próprias portas. Crianças tacam fogo no lixo todo santo dia. No último verão, os bombeiros vinham duas, três vezes por dia, até bloquearem aquelas calhas de lixo. Agora as pessoas simplesmente jogam os sacos nos corredores e isso atrai ratos."

"Você mora aqui sozinha?"

"Sim", respondeu ela, "desde que Davey deu no pé."

"Seu marido?"

"Pai do Kerry, mas nunca fomos casados. Moramos juntos por dois anos, sabe. Tivemos bons momentos. Então ele do nada foi embora um dia, quando eu estava na casa de minha mãe com o garoto."

Ela espiou dentro da xícara de chá. "Estou melhor sem ele", disse. "Mas a gente fica assustada às vezes. Quer mais chá?"

"Acho que não tenho tempo."

"Só uma xícara", disse Anne-Marie, já de pé e desconectando a chaleira elétrica para levá-la até a pia a fim de voltar a enchê-la. Quando estava prestes a abrir a torneira, viu alguma coisa no escorredor, esmagando-a com o polegar. "Peguei você, sua praga!", exclamou ela, e então se virou para Helen. "E ainda tem essas malditas formigas."

"Formigas?"

"O conjunto inteiro está infestado. São do Egito, essas daqui: formigas-faraó, é como se chamam. Desgraçadas marronzinhas. Elas se reproduzem nos dutos de aquecimento central, sabe? Assim, elas entram em todos os apartamentos. O lugar está empestado delas."

Helen considerou aquele improvável exotismo (formigas do Egito?) cômico, mas não disse nada. Anne-Marie estava olhando para o quintal dos fundos através da janela da cozinha.

"Você devia contar para eles", disse ela, embora Helen não tivesse certeza a quem ela estava sendo instruída a contar. "Conte para eles que as pessoas aqui não podem nem mais andar na rua..."

"As coisas estão assim tão ruins?", perguntou Helen, ficando sinceramente cansada daquela enorme lista de infortúnios.

Anne-Marie deu as costas para a pia e lançou um olhar duro na direção de Helen.

"Tivemos assassinatos aqui", informou.

"É mesmo?"

"Um, no verão. Foi um velho, de Ruskin. O lugar fica logo aqui do lado. Não conhecia ele, mas era amigo da irmã da mulher do apartamento do lado. Esqueci o nome dele."

"E ele foi assassinado?"

"Feito em pedacinhos na própria sala. Só encontraram ele quase uma semana depois."

"E os vizinhos? Ninguém notou sua ausência?"

Anne-Marie deu de ombros, como se as informações mais importantes — o assassinato e o isolamento do homem — tivessem sido divulgadas e quaisquer outras questões sobre o problema fossem irrelevantes. Porém, Helen insistiu nesse ponto.

"Isso me parece estranho", comentou ela.

Anne-Marie conectou a chaleira cheia.

"Bem, foi o que aconteceu", respondeu, impassível.

"Não estou dizendo que não aconteceu, só..."

"Os olhos dele foram arrancados", disse ela, antes que Helen conseguisse expressar quaisquer outras dúvidas.

Helen fez uma careta.

"Não", disse ela, baixinho.

"Essa é a verdade", confirmou Anne-Marie. "E isso não foi tudo que fizeram com ele." Anne-Marie fez uma pausa para dar efeito e então continuou: "Você não se pergunta que tipo de pessoa é capaz de fazer coisas assim? É claro que se pergunta".

Helen assentiu. Estava pensando exatamente a mesma coisa.

"Eles chegaram a encontrar a pessoa responsável por isso?"

Anne-Marie bufou sua depreciação.

"A polícia não está nem aí para o que acontece neste lugar. Os tiras ficam longe daqui o máximo possível. Quando patrulham, se limitam a prender a molecada por bebedeiras e coisas do tipo. Eles têm medo, sabe? É por isso que ficam longe."

"Desse assassino?"

"Talvez", respondeu Anne-Marie, e completou: "Ele tinha um gancho".

"Um gancho?"

"O homem que fez isso. Ele tinha um gancho, como Jack, o Estripador."

Helen não era nenhuma especialista em assassinatos, mas tinha certeza de que o Estripador não havia utilizado um gancho. Entretanto, parecia grosseiro questionar a veracidade da história de Anne-Marie; ainda que ela se perguntasse em silêncio o quanto daquilo — os olhos arrancados, o corpo apodrecendo no apartamento, o gancho — seria invenção. Mesmo o mais escrupuloso dos repórteres sem dúvida sentia-se tentado a embelezar uma história de vez em quando.

Anne-Marie serviu a si mesma de outra xícara de chá e estava prestes a fazer o mesmo para sua convidada.

"Não, obrigada", disse Helen. "Preciso mesmo ir."

"Você é casada?", perguntou Anne-Marie, do nada.

"Sim. Com um professor da universidade."

"Qual é o nome dele?"

"Trevor."

Anne-Marie colocou duas colheres cheias de açúcar na xícara de chá.

"Você vai voltar?", perguntou.

"Sim, espero que sim. Mais para o fim da semana. Quero tirar algumas fotos das imagens no apartamento do outro lado do pátio."

"Bem, apareça por aqui."

"Apareço, sim. E obrigada pela ajuda."

"Tudo bem", respondeu Anne-Marie. "É preciso contar para alguém, não é?"

***

"Pelo que ela falou, parece que a pessoa tinha um gancho no lugar da mão."

Trevor ergueu o olhar do prato de *tagliatelle con prosciutto*.

"Como disse?"

Helen estivera se esforçando para manter seu relato da história o menos afetado pelas próprias reações quanto possível. Ela estava interessada em saber o que

Trevor achava. Sabia que, se demonstrasse uma vez sequer a própria opinião, ele, instintivamente, assumiria um ponto de vista contrário por pura teimosia.

"Ele tinha um gancho", repetiu ela, sem entonação.

Trevor baixou o garfo e apertou o nariz, fungando.

"Não li nada sobre isso", comentou ele.

"Você não lê os jornais locais", retrucou a esposa. "Nenhum de nós lê. Talvez a história não tenha chegado aos noticiários nacionais."

"'Velho assassinado por maníaco com gancho no lugar da mão'?", indagou Trevor, saboreando a hipérbole. "Eu teria achado que isso merecia ser publicado. Quando tudo isso supostamente aconteceu?"

"Em algum momento do verão passado. Talvez a gente estivesse na Irlanda."

"Talvez", disse Trevor, voltando a pegar o garfo. Debruçado sobre a comida, as lentes reluzentes de seus óculos refletiam apenas o prato de massa e presunto picado diante dele, mas não seus olhos.

"Por que você diz *talvez*?", incitou Helen.

"Isso não parece muito certo", disse ele. "Na verdade, parece um absurdo daqueles."

"Não acredita?", perguntou Helen.

Trevor ergueu o olhar da comida, a língua resgatando um pouco de *tagliatelle* no canto da boca. Seu rosto tinha relaxado naquela sua expressão não comprometedora — a mesma que ele adotava, sem dúvida, quando ouvia seus alunos.

“Você acredita?”, perguntou a Helen. Esse era seu artifício favorito para ganhar tempo, outro truque da sala de aula, questionar o questionador.

“Não tenho certeza”, respondeu Helen, preocupada demais em encontrar algum pedaço de terra firme naquele mar de dúvidas para perder tempo ganhando pontos.

“Tudo bem, esqueça a história”, disse Trevor, trocando a comida por outra taça de vinho tinto. “E a narradora? Você a considerou confiável?”

Helen imaginou a expressão séria de Anne-Marie enquanto ela contava a história do assassinato do vizinho idoso.

“Sim”, respondeu ela. “Sim, acho que teria percebido se ela estivesse mentindo para mim.”

“Então por que isso é tão importante, afinal de contas? Quero dizer, se ela está mentindo ou não, qual a importância dessa porra?”

Era uma pergunta razoável, mesmo tendo sido colocada de um modo irritante. *Qual* era a importância daquilo? Seria porque ela queria provar que suas piores impressões em relação à Spector Street eram falsas? Que tal conjunto habitacional era imundo, lamentável, um lixão onde os indesejados e os desfavorecidos eram mantidos longe da vista do público — tudo isso era um lugar-comum liberal e ela o aceitava como uma realidade social intragável. Contudo, a história do assassinato e da mutilação do velho era outra coisa. A imagem de uma morte violenta que, uma vez com ela, se recusava a deixar sua companhia.

Helen percebeu, para seu desgosto, que essa confusão estava estampada em seu rosto e que Trevor, observando-a do outro lado da mesa, não se mostrava nem um pouco contente com isso.

"Se isso incomoda tanto", disse ele, "por que não volta lá e faz algumas perguntas, em vez de brincar de acredite-ou-não durante o jantar?"

Ela não conseguiu se conter e rebateu o comentário.

"Achei que você gostasse desses jogos de adivinhação", retrucou.

Ele lhe lançou um olhar taciturno.

"Errada de novo", disse.

***

A sugestão de que Helen fosse investigar não era ruim, ainda que, sem dúvida, ele tivesse motivos ocultos ao oferecê-la. Ela enxergava Trevor com menos tolerância a cada dia. O que em algum momento vira nele como um compromisso ferrenho com o debate, agora reconhecia como uma mera disputa por poder. Ele argumentava não pela emoção da dialética, mas por ser patologicamente competitivo. Ela o vira, vezes sem conta, assumir atitudes que sabia que ele não apoiava apenas para ver o sangue correr. E Trevor não estava sozinho naquele esporte — o que era uma pena. A Academia era uma das últimas fortalezas dos desperdiçadores de tempo profissionais. Vez ou outra, seu círculo de amizades parecia totalmente dominado por tolos intelectuais, perdidos em uma terra devastada de retórica insípida e comprometimento vazio.

De uma terra devastada para a outra. Ela voltou à Spector Street no dia seguinte, munida do flash, além do tripé e do filme de alta sensibilidade. O vento soprava forte naquele dia; estava glacial e ainda mais furioso por se encontrar preso em um labirinto de corredores e pátios. Ela foi até o número 14 e passou a hora seguinte em seu interior imundo, fotografando meticulosamente as paredes do quarto e da sala de estar. Helen tinha meio que esperado que o impacto causado pela cabeça no quarto fosse enfraquecer pelo reencontro. Não foi. Embora se esforçasse para capturar a escala e os detalhes da melhor maneira possível, ela sabia que as fotos sairiam, na melhor das hipóteses, como um eco indistinto de seu uivo perpétuo.

Muito da força da imagem repousava no contexto, é claro. Que uma imagem como aquela pudesse ser encontrada em um lugar tão enfadonho, tão notavelmente carente de mistérios, era comparável a encontrar um ídolo em uma pilha de lixo: um símbolo reluzente da transcendência de um mundo de labuta e decadência para um reino sombrio, embora mais formidável. Ela estava dolorosamente ciente de que era provável que a intensidade de sua reação desafiasse sua articulação. Seu vocabulário era analítico, repleto de chavões e terminologias acadêmicas, mas lamentavelmente empobrecido quando se tratava de evocação. As fotos, por mais pálidas que saíssem, passariam, ela esperava, pelo menos alguma sugestão da força do desenho, mesmo que não conseguissem conjurar a maneira como aquela imagem fazia seu estômago revirar.

Ao sair do apartamento, o vento soprava mais cruel do que nunca, mas o garoto que esperava do lado de fora — a mesma criança que a guiara no dia anterior — estava com roupa para climas mais leves. Ele fez uma careta na tentativa de controlar os tremores.

"Olá", cumprimentou Helen.

"Eu esperei", anunciou a criança.

"Esperou?"

"Anne-Marie disse que você voltaria."

"Eu planejava voltar apenas lá para o fim da semana", disse Helen. "Você poderia ter ficado esperando por muito tempo."

A careta do garoto relaxou um pouquinho.

"Tudo bem", disse ele. "Eu não tenho nada para fazer mesmo."

"E a escola?"

"Não gosto da escola", respondeu o garoto, como se não fosse obrigado a receber educação caso não fosse de seu agrado.

"Entendo", disse Helen, e começou a andar pela lateral do pátio. O garoto a seguiu. No trecho de grama no centro do pátio, diversas cadeiras e duas ou três árvores mortas tinham sido empilhadas.

"O que é isso?", perguntou ela, meio para si mesma.

"Noite da Fogueira",[1] informou o garoto. "Semana que vem."

"É claro."

"Vai ver Anne-Marie?", perguntou ele.

"Sim."

"Ela não está em casa."

"Ah. Tem certeza?"

"Tenho."

"Bem, talvez você possa me ajudar..." Ela parou e se virou, ficando de frente para a criança; olheiras claras de cansaço apareciam sob seus olhos.

"Ouvi falar sobre um senhor que foi assassinado perto daqui", disse a ele. "No verão. Você sabe alguma coisa a respeito?"

"Não."

"Nada mesmo? Não se lembra de alguém ter sido assassinado?"

1 A Noite da Fogueira, também conhecida como Noite de Guy Fawkes, retoma o episódio no qual Guy Fawkes, um soldado católico inglês, tentou explodir o Parlamento, a fim de matar o rei protestante James I, em 5 de novembro de 1605. Seu grupo foi descoberto, e Fawkes e seus companheiros, condenados à forca. Nessa data, as pessoas se reúnem para ver fogos de artifícios e acender fogueiras, nas quais, como uma demonstração de desprezo em relação ao soldado, queimam máscaras e bonecos de Fawkes. [NT]

"Não", repetiu o garoto em um tom que impressionava pela decisão. "Não lembro."

"Bem, obrigada mesmo assim."

Desta vez, quando ela refez o caminho de volta para o carro, o garoto não a seguiu. Contudo, ao dobrar a esquina, saindo do pátio, olhou para trás e o viu parado no lugar onde o deixara, observando-a como se ela fosse louca.

Assim que chegou ao carro e guardou o equipamento fotográfico no porta-malas, o vento começou a soprar alguns pingos de chuva. Helen ficou muito tentada a esquecer que ouvira a história contada por Anne-Marie e voltar para casa, onde o café seria reconfortante, mesmo que as boas-vindas não o fossem. No entanto, ela precisava de uma resposta para a questão que Trevor levantara na noite anterior. *Você* acredita?, perguntara ele ao ouvir a história. Ela não soubera como responder no momento, e ainda não sabia. Talvez (por que ela pressentia aquilo?) a terminologia da verdade verificável fosse redundante aqui; ou, quem sabe, a resposta definitiva para a pergunta dele nem mesmo fosse uma resposta, apenas outra pergunta. Se fosse esse o caso, tudo certo. Ela precisava descobrir.

Ruskin Court era tão lamentável quanto seus "companheiros", talvez até mais. Nem mesmo ostentava uma fogueira. Na sacada do terceiro andar, uma mulher colocava a roupa lavada para dentro antes que começasse a chover; no gramado central do pátio, dois cachorros estavam acasalando, distraídos, a fêmea fitando o céu limpo. Conforme andava pela calçada vazia, Helen endureceu o rosto, em uma expressão determinada — um olhar resoluto, afirmara Bernadette certa vez, impedia ataques. Quando avistou duas mulheres conversando no outro extremo do pátio, caminhou apressadamente até elas, grata por sua presença.

"Com licença?"

As mulheres, ambas de meia-idade, interromperam a conversa animada e a olharam de cima a baixo.

"Será que poderiam me ajudar?"

Ela conseguia sentir o julgamento por parte das mulheres, além da desconfiança — ambas as atitudes bem evidentes. Uma das duas, com o rosto corado, disse sem rodeios:

"O que você quer?"

Helen de repente se sentiu desprovida de qualquer capacidade de cativar. O que ela poderia dizer para aquelas duas que não fizesse seus motivos parecerem macabros?

"Fiquei sabendo...", começou ela, e então hesitou, ciente de que não conseguiria auxílio algum de nenhuma das duas mulheres, "... fiquei sabendo que aconteceu um assassinato aqui perto. É verdade?"

A mulher ergueu tanto as sobrancelhas que elas ficaram quase invisíveis.

"Assassinato?", perguntou ela.

"Você é da imprensa?", indagou a outra mulher. Os anos tinham amargurado suas feições além da possibilidade de amenizá-las. Sua boca pequena era marcada por linhas profundas; o cabelo, tingido de castanho-escuro, exibia meio centímetro de fios grisalhos nas raízes.

"Não, não sou da imprensa", respondeu Helen. "Sou amiga de Anne-Marie, de Butts' Court." Essa alegação, *amiga*, era um exagero, mas pareceu abrandar um pouco as mulheres.

"Está fazendo uma visita, então?", perguntou a mulher de rosto corado.

"De certa maneira..."

"Você perdeu a onda de calor..."

"Anne-Marie estava me contando sobre alguém que foi assassinado aqui, durante o verão. Fiquei curiosa sobre isso."

"É mesmo?"

"Vocês sabem alguma coisa a respeito disso?"

"Várias coisas acontecem neste lugar", disse a segunda mulher. "Você não sabe nem da metade."

"Então é verdade", disse Helen.

"Eles tiveram que interditar os banheiros", interveio a primeira mulher.

"Isso mesmo. Tiveram, sim", confirmou a outra.

"Os banheiros?", perguntou Helen. O que isso tinha a ver com a morte do velho?

"Foi horrível", disse a primeira. "Foi Frank, Josie, que contou isso para você?"

"Não, não foi Frank", respondeu Josie. "Frank ainda estava no mar. Foi a sra. Tyzack."

Com a testemunha estabelecida, Josie entregou a história para sua companheira e voltou a encarar Helen. A desconfiança ainda não tinha abandonado seus olhos.

"Isso aconteceu no mês retrasado", disse Josie. "Quase no fim de agosto. Foi agosto, não foi?" Ela olhou para a outra mulher, em busca de confirmação. "Você que tem a cabeça boa para datas, Maureen."

Maureen parecia desconfortável.

"Esqueci", disse ela, obviamente relutante em oferecer testemunho.

"Eu gostaria muito de saber", insistiu Helen. Josie, apesar da relutância da companheira, estava ansiosa para ajudar.

"Há alguns banheiros", disse ela, "do lado de fora das lojas — você sabe, banheiros públicos. Não sei muito bem como tudo aconteceu exatamente, mas costumava ter um garoto... bom, não era exatamente um garoto. Quero dizer, era um jovem na casa dos vinte anos ou mais, mas ele era" — procurou as palavras certas — "deficiente mental, acho que é assim que você o chamaria. A mãe costumava ter que andar com ele por aí como se o menino tivesse quatro anos de idade. De qualquer modo, ela o deixou usar o banheiro enquanto ia até aquele mercadinho... qual é mesmo o nome?" Ela se virou para Maureen à procura de ajuda, mas a outra mulher apenas a encarou de volta, em evidente desaprovação. Josie estava descomedida, no entanto. "Em plena luz do dia, isso aconteceu", disse para Helen. "No meio do dia. De qualquer modo, o garoto entrou no banheiro e a mãe foi até o mercado. E, depois de um tempo, você sabe como é, ela está ocupada fazendo compras, se esquece do filho e então acha que ele está demorando demais..."

Nesse ponto, Maureen não pôde deixar de intervir: pelo visto, a exatidão da história precedeu sua cautela.

"Ela se envolveu em uma discussão", disse, corrigindo Josie, "com o gerente. Sobre algum bacon de má qualidade que comprou dele. Foi por isso que demorou tanto."

"Entendo", disse Helen.

"Ainda assim", disse Josie, continuando a história, "ela terminou as compras e, quando saiu, ele ainda não tinha voltado..."

"Então ela pediu para alguém do mercado...", começou Maureen, mas Josie não deixaria a narrativa ser arrancada dela em um ponto tão crucial.

"Ela pediu para um dos homens do mercado", repetiu ela, por cima da interrupção de Maureen, "para procurar o menino no banheiro."

"Foi horrível", comentou Maureen, claramente imaginando a atrocidade naquele momento.

"O garoto estava estirado no chão, em um poça de sangue."

"Assassinado?"

Josie fez que não com a cabeça.

"Teria sido melhor se tivesse morrido. Ele foi atacado com uma navalha" — ela deixou essa informação ser absorvida antes de entregar o *coup de grâce*, o golpe final — "*e* suas partes íntimas foram cortadas fora. Cortaram fora e deram descarga. Não tinha nenhum motivo no mundo para fazer isso."

"Meu Deus."

"Teria sido melhor se tivesse morrido", repetiu Josie. "Quero dizer, não dá parar consertar uma coisa dessas, dá?"

A história apavorante tornou-se ainda pior pelo *sangfroid*, o sangue-frio, da narradora e pela repetição casual de "Teria sido melhor se tivesse morrido".

"O garoto", incitou Helen. "Ele conseguiu descrever quem o atacou?"

"Não", respondeu Josie, "ele é praticamente um retardado. Não consegue juntar mais do que duas palavras em uma frase."

"E ninguém viu gente entrando no banheiro? Ou saindo dele?"

"As pessoas vêm e vão o tempo todo", disse Maureen. Isso, apesar de soar como uma explicação adequada, não tinha sido o que Helen vivenciara. Não havia muito movimento no pátio e nos corredores; longe disso. Talvez o centro comercial fosse mais movimentado, pensou ela, oferecendo uma cobertura mais conveniente para um crime desse tipo.

"Então nunca encontraram o culpado", concluiu Helen.

"Não", respondeu Josie, seus olhos perdendo o fervor. O crime e suas consequências imediatas eram o ponto crucial daquela história; a mulher tinha pouco ou nenhum interesse no culpado ou em sua captura.

"Não estamos seguros nem em nossas camas", observou Maureen. "Pode perguntar para qualquer um."

"Anne-Marie disse a mesma coisa", comentou Helen. "Foi assim que chegou a me contar sobre o velho. Disse que ele foi assassinado durante o verão, aqui em Ruskin Court."

"Eu me lembro, sim, me lembro de alguma coisa", disse Josie. "Alguns boatos que eu *ouvi*. Um velho e o cachorro dele. Ele foi espancado até a morte e o cachorro acabou... sei lá. Com certeza não foi aqui. Deve ter sido em um dos outros conjuntos."

"Tem certeza?"

A mulher pareceu ofendida com aquele insulto à sua memória.

"Ah, sim", confirmou ela, "quero dizer, se tivesse sido aqui, a gente saberia da história, não é?"

***

Helen agradeceu à dupla pela ajuda e decidiu dar uma volta pelo bloco mesmo assim, apenas para ver quantos outros apartamentos estavam desocupados. Como em Butts' Court, muitas cortinas estavam fechadas e todas as portas, trancadas. Porém, se a Spector Street estivesse *mesmo* sitiada por um maníaco capaz de assassinar e mutilar tal como as descrições que ouvira, não chegaria a ser surpresa que os residentes pudessem se trancar em suas casas, ficando por lá. Não havia muito a ser visto no bloco. Todos os apartamentos vazios, grandes e pequenos, tinham sido lacrados, a julgar pelos montes de pregos deixados diante de uma porta pelos funcionários do conselho. Uma visão *chamou* sua atenção, contudo. Rabiscada nas pedras do calçamento sobre as quais caminhava — e quase apagada por completo pela chuva e passagem de pés —, a mesma frase que vira no quarto do número 14: "Doces para um doce". As palavras eram tão benignas; por que ela parecia sentir ameaça nelas? Seria o excesso, talvez, a pura superabundância de açúcar sobre açúcar, de mel sobre mel?

Ela seguiu andando, embora a chuva persistisse. Afastou-se dos blocos e entrou naquela terra de ninguém feita de concreto pela qual não tinha passado antes. Aquele era — ou tinha sido — o local das amenidades do projeto habitacional. Lá ficava o playground, os brinquedos de estruturas de metal tombados, a caixa de areia corrompida por cães, a piscininha vazia. E lá estavam as lojas. Muitas delas foram lacradas com tábuas; aquelas que não estavam fechadas eram sujas e feias, as janelas protegidas por pesadas telas metálicas.

Caminhou ao longo da fileira de lojas, dobrou uma esquina e então, diante dela, deu com uma construção baixa de tijolos. O banheiro público, supôs, mesmo que as placas que o designassem como tal tivessem sumido. As portas de ferro estavam fechadas e trancadas com cadeados. Parada em frente àquela construção desagradável, o vento soprando em rajadas ao redor de suas pernas, Helen não conseguiu evitar pensar no que tinha acontecido ali. No homem com mentalidade de criança sangrando no chão, incapaz de gritar. Ela se sentiu enjoada só de imaginar. Assim, em vez disso, focou os pensamentos no criminoso. Qual seria a aparência dele, imaginou, um homem capaz de tal depravação? Tentou formar uma imagem mental, mas nenhum detalhe que conseguiu evocar transmitia força suficiente. Entretanto, era raro que os monstros fossem tão apavorantes quando arrastados para a luz do dia. Enquanto esse homem fosse conhecido apenas por seus atos, os poderes dele sobre a imaginação de Helen eram incalculáveis; mas a verdade humana sob os terrores seria, ela sabia, uma decepção de amargar. Nada de monstro, apenas um exemplo sem graça de um homem que mais precisava ser lamentado do que temido.

A rajada de vento seguinte fez a chuva cair com mais força. Estava na hora, decidiu, de acabar com as aventuras do dia. Dando as costas para o banheiro público, ela atravessou rapidamente os pátios até o abrigo do carro, a chuva gelada fustigando-a, até seu rosto ficar dormente.

Os convidados do jantar pareciam chocados com a história, mas de uma maneira gratificante. Trevor, a julgar pela expressão em seu rosto, estava furioso. Já estava feito, contudo; não tinha como voltar atrás. Ela também não podia negar a satisfação que sentiu por ter silenciado a tagarelice interdepartamental ao redor da mesa. Foi Bernadette, a assistente de Trevor no departamento de história, quem quebrou o silêncio agonizante.

"Quando foi isso?"

"Durante o verão", contou Helen.

"Não me lembro de ler nada a respeito disso", disse Archie, muito melhor depois de duas horas de bebedeira; isso abrandava uma língua que era, de outro modo, afetada por seu próprio fulgor.

"Talvez a polícia esteja abafando o caso", comentou Daniel.

"Conspiração?", acusou Trevor, em um tom nitidamente cínico.

"Isso acontece o tempo todo", rebateu Daniel.

"Por que abafariam uma coisa assim?", perguntou Helen. "Não faz sentido."

"Desde quando os procedimentos policiais fazem sentido?", retrucou Daniel.

Bernadette interveio antes que Helen pudesse responder.

"A gente nem se dá mais ao trabalho de ler sobre essas coisas", comentou ela.

"Fale por si mesma", interveio alguém, mas ela ignorou e prosseguiu:

"Estamos entorpecidos pela violência. Nós não a notamos mais, mesmo quando ela está debaixo de nosso próprio nariz."

"Na televisão, todas as noites", acrescentou Archie. "Mortes e desastres ao vivo e a cores."

"Isso tudo não é novidade alguma", disse Trevor. "Uma pessoa que viveu no período elisabetano teria visto mortes o tempo todo. Execuções públicas eram uma forma de entretenimento bem popular."

A mesa explodiu em uma cacofonia de opiniões. Depois de duas horas de fofocas educadas, o jantar de repente tinha pegado fogo. Ouvindo o debate acalentado se desenrolar, Helen se sentiu triste por não ter tido tempo de mandar revelar as fotos; a pichação teria jogado mais lenha na fogueira daquela contenda emocionante. Purcell, como sempre, foi o último a colaborar com seu ponto de vista — de novo, como sempre — devastador.

"É claro, Helen, minha querida", começou ele, aquele cansaço afetado em sua voz margeado pela antecipação da controvérsia, "que todas as suas testemunhas poderiam estar mentindo, não é?"

A conversa ao redor da mesa diminuiu e todas as cabeças se voltaram na direção de Purcell. Com uma atitude perversa, ignorou a atenção que reunira e se virou para sussurrar no ouvido do rapaz que ele levara — uma nova paixão que, como no passado, seria descartada em questão de semanas e substituída por outro rostinho bonito.

"Mentindo?", indagou Helen. Ela já podia sentir que estava ficando eriçada com a observação, e Purcell pronunciara apenas algumas poucas palavras.

"Por que não?", rebateu o outro, levando a taça de vinho aos lábios. "Talvez todas estivessem tecendo algum tipo de ficção elaborada. A história da mutilação do retardado no banheiro público. O assassinato do velho. Até mesmo o gancho. Todos elementos conhecidos. Você deve estar ciente de que existe algo *tradicional* nessas histórias sobre atrocidades. Costumava-se compartilhá-las o tempo todo; havia certo *frisson* nelas. Algo competitivo, talvez, na tentativa de encontrar um novo detalhe para acrescentar à ficção coletiva; uma nova reviravolta que deixaria a história um pouco mais apavorante quando você a passasse adiante."

"Pode ser algo conhecido para você", disse Helen na defensiva. Purcell era sempre tão *sereno*; isso a irritava. Mesmo se houvesse fundamento naquela teoria dele, o que ela duvidava, Helen não cederia por nada neste mundo. "Mas eu nunca ouvi esse tipo de história antes."

"Nunca?", perguntou Purcell, como se ela estivesse admitindo ser analfabeta. "E quanto aos amantes e o lunático fugitivo, já ouviu falar dessa?"

"Eu já ouvi essa", disse Daniel.

"A namorada é estripada — geralmente por um homem com um gancho no lugar da mão —, e o corpo é deixado em cima do carro, enquanto o namorado se esconde dentro dele. É uma história sobre a importância da cautela, alertando contra os males da heterossexualidade exuberante." A piada ganhou uma rodada de risadas de todos, menos de Helen. "Essas histórias são bem comuns."

"Então você está dizendo que elas contaram mentiras", protestou ela.

"Não exatamente mentiras..."

"Você disse *mentiras*."

"Eu estava provocando você", rebateu Purcell, seu tom apaziguador irritando-a ainda mais. "Não quero insinuar que existe alguma ofensa grave nisso. No entanto, deve admitir que até agora não encontrou uma única *testemunha*. Todos esses eventos aconteceram em alguma data não especificada com uma pessoa não especificada. E são relatados à distância. Aconteceram, na melhor das hipóteses, com irmãos de amigos de parentes distantes. Por favor, considere a possibilidade de que talvez esses eventos não existam no mundo real, mas que sejam meras invenções de donas de casa entediadas.”

Helen não ofereceu nenhum argumento em resposta porque simplesmente não havia um. A observação de Purcell sobre a falta conspícua de testemunhas era perfeitamente sólida; ela mesma tinha considerado isso. Também era estranho a maneira como as mulheres em Ruskin Court, sem demora, transferiram o assassinato do idoso para outro conjunto habitacional, como se essas atrocidades sempre acontecessem fora de vista — depois da próxima esquina, no próximo corredor —, mas nunca *aqui*.

“Então por quê?”, indagou Bernadette.

“Por que o quê?”, confundiu-se Archie.

“As histórias. Por que contar essas histórias horríveis se não são verdadeiras?”

“Isso mesmo”, soltou Helen, jogando a controvérsia de volta no amplo colo de Purcell. “*Por quê?*”

Purcell se aprumou, ciente de que sua entrada no debate mudou a suposição básica com um só golpe.

“Não sei”, respondeu ele, feliz por encerrar o jogo agora que mostrara suas cartas. “Você não deveria me levar tão a sério, Helen. Eu mesmo tento não fazer isso.” O rapaz ao lado de Purcell deu risadinhas.

“Talvez seja apenas um tabu”, comentou Archie.

“Abafado...”, incitou Daniel.

“Não como você está falando”, retrucou Archie. “O mundo não é todo feito de política, Daniel.”

"Quanta ingenuidade."

"O que é tão tabu a respeito da morte?", perguntou Trevor. "Bernadette já apontou isso: acontece diante de nós o tempo todo. Televisão, jornais."

"Talvez não esteja próxima o bastante", sugeriu Bernadette.

"Alguém se importa se eu fumar?", interrompeu Purcell. "Parece que a sobremesa foi adiada por tempo indeterminado."

Helen ignorou o comentário e perguntou a Bernadette o que ela queria dizer com "próxima o bastante".

Bernadette deu de ombros.

"Não sei bem", confessou ela, "apenas talvez que a morte tenha que estar *perto*; precisamos *saber* que ela está logo ali. A televisão não é íntima o suficiente."

Helen franziu o rosto. A observação fazia algum sentido para ela, mas, na confusão do momento, não conseguiu desenterrar seu significado.

"Você também acha que são histórias inventadas?", perguntou ela.

"Andrew tem razão...", respondeu Bernadette.

"Muita gentileza sua", interrompeu Purcell. "Alguém tem um fósforo para me dar? O rapaz penhorou meu isqueiro."

"... sobre a falta de testemunhas."

"Tudo que isso prova é que não encontrei ninguém que tenha de fato *visto* alguma coisa", contra-argumentou Helen, "não que não existem testemunhas."

"Tudo bem", disse Purcell. "Encontre uma. Se conseguir me provar que seu causador de atrocidades vive e respira, pago um jantar para todos no Apollinaire's. Que tal? Seria muito generoso ou apenas sei quando não posso perder?" Ele riu, batendo na mesa com os nós dos dedos a título de aplausos.

"Parece bom para mim", disse Trevor. "O que você acha, Helen?"

***

Ela voltou à Spector Street apenas na segunda-feira seguinte, mas esteve lá em pensamento durante todo o fim de semana: parada do lado de fora do banheiro trancado, com o vento trazendo a chuva; ou no quarto, o retrato agigantando-se diante dela. Pensamentos sobre o conjunto habitacional reivindicavam toda a sua atenção. Quando, no fim da tarde de sábado, Trevor encontrou um motivo mesquinho para uma discussão, deixou os insultos passarem, observando-o realizar seu conhecido ritual de automartírio sem ser nem um pouco tocada por ele. A indiferença dela apenas o deixou mais enfurecido. Trevor saiu esbravejando, para visitar qualquer que fosse a mulher de sua escolha naquele mês. Helen ficou satisfeita em vê-lo pelas costas. Ele não voltou naquela noite, mas ela nem ao menos pensou em chorar por isso. Era um tolo, um idiota.

Ela ansiava por ver um olhar assombrado naqueles olhos enfadonhos; e do que valia um homem que não podia ser assombrado?

Ele também não voltou na noite de domingo, e lhe passou pela cabeça, na manhã seguinte, enquanto estacionava o carro no centro do conjunto habitacional, que ninguém sabia que ela fora até lá, e que poderia ficar perdida naquele lugar durante dias sem que tomassem conhecimento. Como o idoso sobre o qual Anne-Marie lhe contara: deitado e esquecido em sua poltrona favorita, com os olhos arrancados por um gancho, enquanto as moscas se banqueteavam e a manteiga ficava rançosa em cima da mesa.

A Noite da Fogueira estava chegando e, ao longo do fim de semana, a pequena pilha de objetos combustíveis em Butts' Court tinha ganhado um tamanho considerável. A construção parecia instável, mas isso não impedia que muitos garotos escalassem e entrassem nela. Grande parte de seu volume era constituída de móveis, roubados, sem dúvida, das propriedades fechadas com tábuas. Ela duvidava de que aquilo pudesse queimar por muito tempo: se queimasse, soltaria uma grande quantidade de fumaça sufocante. Quatro vezes, no caminho até a casa de Anne-Marie, Helen foi emboscada por crianças pedindo dinheiro para comprar fogos de artifício.

"Um centavo para o boneco", diziam os meninos, apesar de nenhum deles ter um boneco para mostrar.

Helen esvaziara os bolsos de trocados quando, enfim, alcançou a porta da frente.

Anne-Marie estava em casa naquele dia, embora não mostrasse nenhum sorriso acolhedor. Ela apenas fitou a visita, como se estivesse hipnotizada.

"Espero que não se importe com minha visita..."

Anne-Marie não respondeu nada.

"... eu só queria trocar uma palavrinha."

"Estou ocupada", declarou a mulher, por fim. Não houve nenhum convite para entrar, nenhuma oferta para tomar um chá.

"Ah. Bem... não vai demorar muito."

A porta dos fundos estava aberta e uma corrente de ar foi soprada, atravessando a casa.

Havia papéis esvoaçando no quintal dos fundos. Helen podia vê-los levantando voo como enormes mariposas brancas.

"O que você quer?", perguntou Anne-Marie.

"Só queria perguntar sobre o velho."

A mulher franziu um pouco o rosto. Ela parecia prestes a vomitar. Helen achou que o rosto dela tinha a cor e a textura de massa envelhecida. O cabelo estava opaco e oleoso.

"Que velho?"

"Da última vez que estive aqui, você me falou de um velho que tinha sido assassinado, lembra?"

"Não."

"Você disse que ele vivia no bloco ao lado."

"Não me lembro", disse Anne-Marie.

"Mas você me contou *claramente*..."

Alguma coisa caiu no chão da cozinha e se estilhaçou em pedacinhos.

Anne-Marie se encolheu, mas não se afastou da soleira da porta, seu braço barrando a entrada de Helen na casa. O corredor estava coberto de brinquedos roídos e desgastados.

"Você está bem?"

Anne-Marie assentiu.

"Tenho trabalho a fazer", disse ela.

"E você não se lembra de me contar sobre o velho?"

"Você deve ter entendido errado", respondeu Anne-Marie, e então sua voz ficou baixa: "Você não deveria ter vindo. Todo mundo *sabe*".

"Sabe do quê?"

A jovem começou a tremer.

"Você não entende, não é? Acha mesmo que as pessoas não estão observando?"

"O que tem isso? Tudo o que eu perguntei foi..."

"Eu não sei de *nada*", reiterou Anne-Marie. "O que quer que eu tenha dito para você foi mentira."

"Bem, obrigada mesmo assim", disse Helen, perplexa demais pela confusão de sinais de Anne-Marie para insistir ainda mais no assunto. Tão logo se afastou da porta, ela ouviu o estalido da fechadura atrás de si.

***

Aquela conversa foi apenas uma das inúmeras decepções que a manhã lhe trouxe. Helen voltou para a batelada de lojas e visitou o mercado que Josie mencionara. Lá fez perguntas sobre os banheiros e sua história recente. O mercado tinha mudado de administração no mês anterior e o novo dono, um paquistanês taciturno, insistiu que não sabia nada a respeito de quando ou por que os sanitários foram fechados. Ela esteve ciente, enquanto fazia suas investigações, de estar sendo examinada pelos outros compradores na loja; e se sentiu como uma pária. Aquela sensação ficou mais profunda ao sair do mercado. Avistou Josie saindo da lavanderia e chamou por ela, apenas para fazer com que a mulher acelerasse o passo e se esquivasse para dentro do labirinto de corredores. Helen a seguiu, mas logo perdeu tanto a presa quanto o caminho.

Frustrada e à beira das lágrimas, ela ficou parada entre os sacos de lixo revirados e sentiu uma onda de desprezo pela própria tolice. Ela não pertencia àquele lugar, não é? Quantas vezes criticara outras pessoas pela presunção de alegar compreender sociedades que tinham visto apenas à distância? E lá estava ela, cometendo o mesmo crime, se intrometendo com sua câmera e suas perguntas, usando as vidas (e as mortes) daqueles indivíduos como forragem para conversas em festas. Ela não culpava Anne-Marie por lhe dar as costas; será que merecia algo melhor?

Cansada e com frio, decidiu que era hora de admitir que Purcell tinha razão. Tudo o que lhe fora contado *era* ficção. Aquelas mulheres debocharam dela — sentindo seu desejo de se alimentar de alguns horrores — e Helen, a perfeita idiota, acreditara em cada palavra ridícula. Estava na hora de embrulhar sua credulidade e ir para casa.

No entanto, havia mais uma visita a fazer antes de voltar ao carro: ela queria dar uma última olhada na cabeça pintada. Não como uma antropóloga em uma tribo estranha, mas como uma entusiasta confessa em um trem fantasma: pela emoção. Ao chegar ao número 14, entretanto, ela se deparou com a derradeira e mais devastadora decepção: o apartamento fora fechado por diligentes funcionários do Conselho do Departamento de Limpeza. A porta estava trancada; a janela da frente, coberta por tábuas.

Contudo, Helen estava determinada a não ser derrotada com tanta facilidade. Deu a volta pelos fundos de Butts' Court e encontrou o quintal do número 14 usando a mais simples matemática. O portão, bloqueado pelo lado de dentro, foi empurrado com bastante força e, com o esforço, se abriu. Uma montanha de lixo — tapetes apodrecidos, uma caixa com revistas encharcadas pela chuva, uma árvore de Natal desnuda — o estava obstruindo.

Helen atravessou o quintal até as janelas bloqueadas e espiou através das ripas de madeira. Não estava claro do lado de fora, mas havia ainda mais escuridão lá dentro; foi difícil vislumbrar outra coisa além da mais vaga sugestão do desenho na parede do quarto. Ela apertou o rosto contra a madeira, ansiosa por um último vislumbre.

Uma sombra se moveu pelo quarto, bloqueando por um momento sua visão. Ela recuou um passo da janela, assustada, sem saber ao certo o que tinha visto. Talvez apenas a própria sombra, lançada através da janela? No entanto, *ela* não se mexera; a sombra, sim.

Então voltou a se aproximar da janela, com mais cautela. O ar vibrava; ela podia ouvir um lamento abafado vindo de algum lugar, ainda que não pudesse ter certeza de que vinha do interior ou do lado de fora do apartamento. De novo, ela encostou o rosto nas tábuas ásperas, e de repente alguma coisa pulou contra a janela. Desta vez ela soltou um grito. Ouviu-se um ruído de algo raspando lá dentro, conforme unhas arranhavam a madeira.

Um cachorro! E um bem grande para ter pulado tão alto.

"Idiota", disse a si mesma em voz alta. O suor a banhou de súbito.

O ruído tinha parado quase tão de repente quanto começara, mas ela não conseguiu se forçar a voltar para a janela. Ficou claro que os funcionários que tinham selado o apartamento fracassaram em verificá-lo de modo apropriado e prenderam o animal por engano. Ele estava esfomeado, tendo em conta o barulho de salivação que ouvira; ela ficou grata por não ter tentado invadir. O cachorro — faminto, talvez até meio enlouquecido na escuridão fedorenta — poderia ter dilacerado sua garganta.

Fitou a janela coberta por tábuas. As frestas entre as peças de madeira não tinham mais que um centímetro e meio, mas sentia que o animal estava de pé do outro lado, apoiado nas pernas traseiras, observando-a através da abertura. Ela podia ouvir seus arquejos agora que a própria respiração estava se normalizando; podia ouvir as garras arranhando o peitoril.

"Coisa maldita...", disse ela. "Pode muito bem ficar aí dentro."

Ela recuou na direção do portão. Hordas de tatuzinhos-de-jardim e aranhas, afugentadas de seus ninhos pelo movimento dos tapetes atrás do portão, corriam sob seus pés, procurando uma nova escuridão para chamar de lar.

Fechou o portão atrás de si e deu a volta até a frente do bloco de apartamentos, quando ouviu as sirenes; duas desagradáveis espirais de som que arrepiaram os cabelos de sua nuca. Estavam se aproximando. Ela acelerou o passo e completou a volta ao redor de Butts' Court a tempo de ver diversos policiais cruzando o gramado atrás da fogueira, e uma ambulância subindo na calçada e dando a volta até o outro lado do pátio. Moradores saíram de seus apartamentos e estavam parados nas sacadas, olhando para baixo.

Outros andavam ao redor do pátio, sem disfarçar a curiosidade, para se juntar a uma congregação que se reunia. O estômago de Helen pareceu despencar até os intestinos ao perceber *onde* se concentrava o ponto de interesse: na soleira da porta de Anne-Marie. Os policiais estavam abrindo caminho para os homens da ambulância através da multidão. Uma segunda viatura seguira a rota da ambulância por cima da calçada; dois policiais à paisana saíram do carro.

Ela andou até a periferia da aglomeração. A pouca conversa que havia entre os observadores era conduzida em voz baixa; uma ou duas mulheres mais velhas choravam. Embora espiasse por cima das cabeças dos espectadores, ela não conseguia ver nada. Virando-se para um homem barbado, cujo filho estava empoleirado em seus ombros, ela perguntou o que estava acontecendo. Ele não fazia ideia. Alguém morto, pelo que tinha ouvido, mas não sabia ao certo.

"Anne-Marie?", perguntou ela.

Uma mulher na frente de Helen se virou e disse:

"Você conhece ela?", perguntou em um tom de admiração, como se falasse de um ente querido.

"Um pouco", respondeu Helen, hesitante. "Você sabe me dizer o que aconteceu?"

A mulher levou a mão à boca involuntariamente, como se quisesse impedir as palavras de saírem. Porém, apesar disso, elas lhe escaparam:

"A criança...", disse ela.

"Kerry?"

"Alguém entrou na casa pelos fundos. Cortou a garganta dele."

Helen sentiu que começava a suar de novo. Em sua mente, os jornais subiam e desciam no quintal de Anne-Marie.

"Não", disse ela.

"Foi o que aconteceu."

Ela olhou para aquela canastrona que tentava lhe vender tal obscenidade e pronunciou um "Não" outra vez. Aquilo desafiava suas crenças; ainda assim, sua negação não conseguiu silenciar a terrível compreensão que lhe acometeu.

Helen deu as costas para a mulher e abriu caminho por entre a multidão. Não haveria nada para ver, ela sabia; e, mesmo que houvesse, não tinha nenhuma vontade de olhar. Aquelas pessoas — ainda saindo de suas casas à medida que a história se espalhava — demonstravam um apetite que a deixava enojada. Ela não era um deles; nunca *seria* um deles. Ela queria esbofetear cada um dos rostos ansiosos até incutir um pouco de bom senso neles; queria dizer: "Vocês estão indo espiar a dor e o pesar. Por quê? Por quê?". Mas não lhe sobrara coragem. A repulsa lhe drenara por completo, restando-lhe apenas alguma energia para se afastar e deixar a multidão com seu divertimento.

***

Trevor tinha voltado para casa. Não fez nenhuma tentativa de explicar sua ausência, mas esperou que ela o interrogasse. Helen, no entanto, nada lhe perguntou, e ele então mergulhou em uma *bonomia* quase pior do que seu silêncio cheio de expectativa. Ela estava quase certa de que sua falta de interesse provavelmente era mais inquietante do que o histrionismo que ele estivera antecipando. E não poderia ter se importado menos.

Sintonizou o rádio em uma estação local e esperou a notícia, que surgiu conforme o esperado, confirmando o que a mulher na multidão lhe contara. Kerry Latimer estava morto. Uma ou mais pessoas desconhecidas tinham conseguido entrar na casa através do quintal dos fundos, assassinando o menino enquanto ele brincava no chão da cozinha. Um porta-voz da polícia declarou as costumeiras banalidades, referindo-se à morte de Kerry como um "crime indescritível" e ao malfeitor como "um indivíduo perigoso e profundamente perturbado". Pela primeira vez, a retórica parecia justificada, e a voz do homem vacilou perceptivelmente quando ele falou sobre a cena que os policiais presenciaram na cozinha da casa de Anne-Marie.

"Por que o rádio?", perguntou Trevor de um jeito casual, depois de Helen ter ouvido as notícias de três boletins consecutivos. Ela não viu nenhum motivo para esconder sua experiência na Spector Street; ele descobriria mais cedo ou mais tarde. Com uma atitude fria, fez um relato objetivo sobre o que tinha acontecido em Butts' Court.

"Essa Anne-Marie é a mulher que você conheceu na primeira vez em que foi ao conjunto habitacional. Estou certo?"

Ela assentiu, esperando que Trevor não fizesse muitas perguntas. As lágrimas estavam chegando, e Helen não tinha nenhuma intenção de desmoronar na frente dele.

"Então você estava certa", comentou ele.

"Certa?"

"Sobre o lugar ter um maníaco."

"Não", disse ela. "Não."

"Mas a criança..."

Ela se levantou e se postou diante da janela, olhando do segundo andar para a rua escura abaixo. Por que ela sentiu necessidade de rejeitar aquela teoria da conspiração com tanta urgência? Por que agora rezava para que Purcell estivesse certo e que tudo que lhe fora contado fosse mentira? Ela relembrou a aparência de Anne-Marie quando a visitara naquela manhã: pálida, nervosa; *expectante*. Ela agira como uma mulher que antevia alguma coisa, não? Ansiosa por afugentar visitantes indesejáveis para que pudesse voltar à espera? Mas à espera de o quê, ou de *quem*? Seria possível que Anne-Marie, na verdade, conhecesse o assassino? Que talvez o tivesse convidado a entrar?

"Espero que encontrem o desgraçado", disse ela, ainda observando a rua.

"Eles vão", assegurou Trevor. "Um assassino de bebês, pelo amor de Deus. A polícia vai fazer disso prioridade máxima."

Um homem apareceu na esquina, se virou e assobiou. Um pastor-alemão enorme se aproximou dele, e os dois partiram na direção da catedral.

"O cachorro", murmurou Helen, da janela.

"O quê?"

Ela havia se esquecido do cachorro, depois de tudo que aconteceu. Agora o choque que sentira quando ele pulara contra a janela a abalou de novo.

"Que cachorro?", insistiu Trevor.

"Eu voltei para o apartamento hoje — o lugar onde tirei as fotos da pichação. Tinha um cachorro lá. Trancado dentro do imóvel."

"E daí?"

"Ele vai morrer de fome. Ninguém sabe que está lá."

"Como sabe que ele não foi trancado lá dentro, que o lugar não estava sendo usado como um canil?"

"Ele estava fazendo um barulho horrível", respondeu Helen.

"Cachorros latem", retrucou Trevor. "É só para isso que servem."

"Não", disse ela, bem baixinho, lembrando-se do ruído através da janela coberta de tábuas. "Aquele não latiu."

"Esqueça o cachorro", disse Trevor. "E a criança. Não há nada que possa fazer. Você só estava de passagem."

As palavras de Trevor apenas ecoaram os pensamentos que ela própria tivera mais cedo naquele dia, mas, de algum modo, por razões que não conseguia encontrar palavras para expressar, aquela convicção tinha enfraquecido nas últimas horas. Ela não estava só de passagem. Ninguém estava só de passagem; uma experiência sempre deixava uma marca. Às vezes, ela apenas arranha; em outras, arranca membros. Helen não conhecia a extensão de seu ferimento atual, mas sabia que era mais profundo do que seria capaz de compreender até aquele momento, e isso a deixava bastante amedrontada.

"Estamos sem bebida", disse ela, sorvendo a última gota de uísque de seu copo.

Trevor pareceu satisfeito em ter uma razão para ser obsequioso.

"Pode deixar que saio para comprar, ok?", disse ele. "Quer que eu compre umas duas garrafas?"

"Claro", respondeu ela. "Se você quiser."

Ele ficou fora por apenas meia hora; ela teria gostado que tivesse demorado mais tempo. Não queria conversar, apenas ficar sentada e pensar através da inquietação em seu âmago. Embora Trevor tivesse descartado sua preocupação pelo cachorro — e talvez de um modo justificável —, ela não conseguia evitar retornar ao apartamento trancado em sua mente: imaginar outra vez o rosto furioso na parede do quarto e ouvir o rosnado abafado do animal enquanto ele batia nas tábuas que cobriam a janela. A despeito do que Trevor dissera, ela não acreditava que o lugar estivesse sendo usado como um canil improvisado. Não, o cachorro estava *preso* lá dentro, não havia dúvida quanto a isso, correndo em círculos, sendo levado, em seu desespero, a comer as próprias fezes, ficando mais insano a cada momento. Temia que alguém — crianças, talvez, procurando madeira para a fogueira — invadisse o lugar, sem saber o que continha. Não que temesse pela segurança dos intrusos, mas sim que o cão, uma vez solto, fosse atrás dela. O animal saberia onde ela estava (assim sua mente embriagada imaginou) e a encontraria pelo faro.

Trevor voltou com o uísque e eles beberam juntos até de madrugada, quando seu estômago se revoltou. Refugiou-se no banheiro — o marido do lado de fora perguntando se precisava de alguma coisa, ela lhe dizendo com voz débil para deixá-la em paz. Quando, uma hora depois, Helen saiu, ele tinha ido para a cama. Não se juntou a Trevor, mas se deitou no sofá e cochilou até o amanhecer.

***

O assassinato virou notícia. Na manhã seguinte, ganhou atenção em todos os tabloides como manchete de primeira página, e também encontrou posições proeminentes nos jornais mais sérios. Havia fotografias da mãe arrasada sendo levada de casa, e outras, borradas mas poderosas, tiradas por cima do muro do quintal dos fundos e através da porta aberta da cozinha. Aquilo no chão seria sangue ou apenas uma sombra?

Helen não se deu ao trabalho de ler os artigos — sua cabeça dolorida se rebelou contra a ideia —, mas Trevor, que comprara os jornais, estava ansioso para conversar. Ela não conseguia entender se isso era mais um esforço da parte dele para fazer as pazes ou um interesse genuíno pelo assunto.

"A mulher está sob custódia", disse ele, debruçado sobre o *Daily Telegraph*. Era um jornal ao qual Trevor era avesso quando se tratava de política, mas a cobertura de crimes violentos era notoriamente detalhada. A observação chamou atenção de Helen, querendo ou não.

"Custódia?", perguntou ela. "Anne-Marie?"

"Sim."

"Deixe-me ver."

Ele entregou o jornal, e ela correu o olhar pela página, procurando a notícia.

"Terceira coluna", indicou Trevor.

Ela encontrou a informação, e lá estava, em preto e branco. Anne-Marie fora levada sob custódia para interrogatório com o intuito de justificar o intervalo de tempo entre a hora estimada da morte da criança e o momento em que fora reportada. Helen leu as frases relevantes repetidas vezes, para ter certeza de que entendera direito. Sim, entendera. O patologista da polícia estimou que Kerry morreu entre às seis e às seis e meia daquela manhã; o assassinato só fora comunicado ao meio-dia.

Ela leu o relato de novo pela terceira vez, e uma quarta, mas a repetição não mudou os fatos terríveis. A criança fora morta antes do amanhecer. Quando Helen tinha ido à casa naquela manhã, Kerry já estava morto havia quatro horas. O corpo jazia na cozinha, a poucos metros do corredor onde ela estivera, e Anne-Marie não dissera *nada*. Aquele ar de expectativa que ela exibira — o que tinha significado? Que estivera esperando alguma deixa para pegar o telefone e chamar a polícia?

"Meu Deus!...", exclamou Helen, e deixou o jornal cair de suas mãos.

"Que foi?"

"Preciso ir até a polícia."

"Por quê?"

"Para contar a eles que eu fui até a casa", respondeu ela. Trevor pareceu confuso. "O bebê estava morto, Trevor. Quando eu vi Anne-Marie ontem de manhã, Kerry já estava morto."

***

Ela ligou para o número publicado no jornal para informações sobre o caso, e meia hora depois uma viatura chegou para pegá-la. Muitas coisas a surpreenderam nas duas horas de interrogatório que se seguiram, em especial o fato de que ninguém tinha relatado sua presença no conjunto habitacional à polícia, embora com certeza ela tivesse sido notada.

"Eles não querem saber", contou-lhe o detetive. "Era de se esperar que um lugar como aquele estivesse abarrotado de testemunhas. Se for o caso, elas não estão se mostrando. Um crime assim..."

"Essa foi a primeira vez?", perguntou ela.

Ele olhou para ela por cima de uma mesa caótica.

"Primeira?"

"Contaram-me algumas histórias sobre o conjunto habitacional. Assassinatos. No verão passado."

O detetive negou com a cabeça.

"Não que eu saiba. Houve uma onda de assaltos; uma mulher foi espancada e ficou internada por uma semana, mais ou menos. Nada de assassinatos, porém."

Ela gostou do detetive. Os olhos dele a cortejavam com olhares demorados e o rosto denotava lisonja com sua franqueza. Sem se importar se estava sendo tola ou não, Helen perguntou:

"Por que os moradores de lá mentem desse jeito? Sobre pessoas que tiveram os olhos arrancados. Coisas terríveis."

O detetive coçou o longo nariz.

"Também ouvimos coisas do feitio", disse ele. "As pessoas vêm aqui, confessam todo tipo de porcaria. Falam a noite toda, algumas delas, sobre coisas que fizeram, ou que *pensam* que fizeram. Contam tudo nos mínimos detalhes. E, quando você faz alguns telefonemas, percebe que é pura invenção. Tudo da cabeça delas."

"Talvez se não contassem essas histórias para você... elas sairiam por aí e fariam tudo de verdade."

O detetive assentiu.

"Sim", concordou ele. "Que Deus nos ajude. Você pode ter razão quanto a isso."

E as histórias que contaram *para ela* — seriam confissões de crimes não cometidos, relatos do pior que se pode imaginar, inventados para evitar que a ficção se tornasse realidade? Era como se o pensamento perseguisse a própria cauda: essas histórias terríveis ainda precisavam de uma *causa primária*, uma fonte da qual saíram. Enquanto andava de volta para casa pelas ruas movimentadas, Helen se perguntou quantos de seus companheiros cidadãos conheciam histórias assim. Será que essas invenções eram ocorrências comuns, como Purcell alegara? Haveria um lugar em cada coração, por menor que fosse, reservado para as monstruosidades?

"Purcell ligou", contou Trevor quando ela chegou em casa. "Convidou a gente para jantar."

O convite não foi bem-vindo e ela fez uma careta.

"No Apollinaire's, lembra?", recordou ele. "Ele disse que levaria todo mundo para jantar se você provasse que ele estava errado."

A ideia de ganhar um jantar como prêmio pela morte do filho de Anne-Marie era grotesca, e ela lhe disse isso.

"Ele vai ficar ofendido se você recusar."

"Não estou nem aí. Não quero jantar com Purcell."

"Por favor", disse ele, baixinho. "Ele pode ficar difícil e quero mantê-lo contente por enquanto."

Ela lhe lançou um olhar. A expressão que o marido assumiu o fez parecer um cocker spaniel encharcado. Desgraçado manipulador, pensou, mas disse:

"Tudo bem, eu vou. Mas não espere que eu dance em cima das mesas."

"Vamos deixar isso para Archie", disse ele. "Falei para Purcell que estamos livres amanhã à noite. Tudo bem para você?"

"Tanto faz."

"Ele vai reservar uma mesa para as oito horas."

Os jornais vespertinos tinham relegado a *Tragédia do Bebê Kerry* para algumas colunas pequenas em páginas internas. No lugar de muitas notícias novas, eles apenas descreveram as investigações de porta em porta realizadas na Spector Street. Algumas das últimas edições mencionavam que Anne-Marie fora liberada depois de um longo período de interrogatórios e que agora morava com amigos. Também foi mencionado, de passagem, que o funeral do menino aconteceria no dia seguinte.

Helen não tinha considerado a possibilidade de voltar à Spector Street para o funeral quando foi para a cama naquela noite, mas o sono pareceu fazer com que mudasse de ideia, e acordou com a decisão tomada.

***

A morte dera vida ao conjunto habitacional. Andando através de Ruskin Court, a partir da rua, ela nunca vira tantas pessoas perambulando por ali. Muitos já estavam se alinhando junto ao meio-fio para assistir à passagem do cortejo fúnebre, e pareciam ter reivindicado seus lugares cedo, apesar do vento e da constante ameaça de chuva. Alguns usavam peças de vestimentas pretas — um casaco, um cachecol —, mas a impressão geral, apesar das vozes sussurradas e das expressões calculadas, era de celebração. Crianças corriam por toda parte, intocadas pela atmosfera de reverência; risos ocasionais escapavam entre grupos de adultos fofoqueiros — Helen podia sentir um clima de antecipação que fazia com que seu ânimo, apesar da ocasião, ficasse quase alegre.

Não era apenas a presença de tantas pessoas que a tranquilizava; ela estava, e admitiu para si mesma, feliz por voltar para a Spector Street. Os pátios, com suas arvorezinhas atrofiadas e seus gramados acinzentados, eram mais reais para ela do que os corredores acarpetados sobre os quais estava acostumada a andar; os rostos anônimos nas sacadas e nas ruas significavam mais do que seus colegas na universidade. Em suma, ela estava em *casa*.

Por fim, os carros surgiram, movendo-se a passos de tartaruga através das ruas estreitas. À medida que o carro fúnebre ficava visível — transportando o minúsculo caixão branco decorado com flores —, algumas mulheres na multidão davam voz ao seu pesar. Uma senhora desmaiou; um círculo de pessoas preocupadas se formou em volta dela. Até mesmo as crianças estavam quietas agora.

Helen assistiu a tudo, os olhos secos. Lágrimas não lhe vinham com facilidade, principalmente na presença de outras pessoas. Conforme o segundo carro, que levava Anne-Marie e duas outras mulheres, emparelhava com ela, Helen viu que a mãe enlutada também evitava qualquer demonstração pública de pesar. Ela parecia, na verdade, estar se sentindo quase enlevada pelos procedimentos, sentada ereta no banco traseiro do carro, suas feições pálidas tornando-se fonte de muita admiração. Foi um pensamento amargo, mas Helen sentiu como se estivesse vendo Anne-Marie em sua melhor hora; o único dia, de uma vida que de outro modo era anônima, no qual ela era o centro das atenções. Devagar, o cortejo passou e sumiu de vista.

A multidão em volta de Helen já estava se dispersando. Ela se separou dos poucos enlutados que ainda se demoravam junto ao meio-fio e caminhou pela rua até Butts' Court. Sua intenção era retornar ao apartamento trancado, para ver se o cachorro ainda estava lá. Caso estivesse, ela tranquilizaria sua consciência se encontrasse um dos zeladores do conjunto habitacional para informá-lo sobre o cão.

Aquele bloco estava, ao contrário dos outros, praticamente vazio. Talvez os moradores, sendo vizinhos de Anne-Marie, tivessem ido ao crematório para a cerimônia. Qualquer que fosse a razão, o lugar estava estranhamente deserto. Restavam apenas as crianças, brincando em volta da fogueira piramidal, suas vozes ecoando pela vastidão vazia do pátio.

Ela chegou ao apartamento e ficou surpresa ao descobrir a porta aberta de novo, como estivera na primeira vez. A visão do interior a deixou tonta. Com que frequência, ao longo dos dias anteriores, ela se imaginara ali dentro, fitando aquela escuridão. Não havia nenhum som vindo de dentro. O cachorro com certeza fugira — ou morrera. Não teria problema algum entrar naquele lugar uma última vez, apenas para ver o rosto na parede e o slogan que o acompanhava, certo?

"Doces para um doce." Ela não chegara a procurar as origens daquela frase. Não importava, pensou. Seja lá o que outrora tivesse significado, fora transformado aqui, como todo o resto; incluindo ela mesma. Helen ficou parada no cômodo da frente por alguns instantes, procurando dar tempo a si mesma para saborear o confronto adiante. Atrás dela, ao longe, as crianças berravam como pássaros enlouquecidos.

Ela passou por cima de um aglomerado de móveis e andou na direção do curto corredor que ligava a sala de estar ao quarto, ainda adiando o momento. Seu coração batia acelerado dentro dela: um sorriso se insinuava em seus lábios.

E lá estava! Finalmente! O retrato assomava, atraente como sempre. Ela avançou até o fundo do quarto sombrio para admirá-lo mais detidamente e seu calcanhar bateu no colchão que ainda estava jogado no canto. Ela olhou para baixo. O leito esquálido fora virado, deixando exposto o lado que não estava rasgado. Alguns cobertores e um travesseiro embrulhado em trapos foram jogados sobre ele. Algo cintilava entre as dobras do cobertor que estava por cima. Ela se abaixou para olhar mais de perto e encontrou um punhado de doces — chocolates e caramelos — embrulhados em papel reluzente. E, espalhadas entre as guloseimas, não tão atraentes nem tão doces, uma dúzia de lâminas de navalha. Havia sangue em muitas delas. Ela se endireitou de novo e se afastou do colchão, e então um zumbido vindo do cômodo ao lado alcançou seus ouvidos. Ela se virou, e a luz no quarto diminuiu conforme uma figura adentrava a garganta que separava Helen do mundo exterior. Com a silhueta desenhada contra a luz, ela mal conseguia enxergar o homem na soleira da porta, mas sentia seu cheiro — ele cheirava a algodão-doce. O zumbido o acompanhava ou estava dentro dele.

"Eu só vim dar uma olhada no desenho", disse ela.

O zumbido prosseguiu — o som de uma tarde sonolenta, longe dali. O homem na soleira não se mexeu.

"Bem, já vi o que queria ver", disse ela, sem muita esperança de que suas palavras pudessem impelir o homem a se afastar, deixando-a passar. Ele não se mexeu, e ela não conseguiu encontrar coragem para desafiá-lo dando um passo na direção da porta.

"Tenho que ir", anunciou ela, sabendo que, apesar de seus melhores esforços, o medo se infiltrara por entre cada sílaba. "Estão me esperando..."

Não era uma mentira completa. Naquela noite, todos foram convidados para jantar no Apollinaire's. Porém, isso seria apenas às oito, dali a quatro horas. Demoraria muito tempo ainda para que sentissem sua ausência.

"Se você me der licença", falou ela.

O zumbido aquietara um pouco e, no silêncio, o homem na soleira falou. Sua voz sem sotaque era quase tão doce quanto seu cheiro.

"Não precisa ir embora ainda", sussurrou ele.

"Eu preciso... preciso..."

Embora não pudesse ver os olhos dele, ela os sentiu sobre si, e eles a deixaram com uma sensação de sonolência, como aquele verão que cantava em sua cabeça.

"Eu vim por você", anunciou ele.

Ela repetiu as quatro palavras em sua mente. *Eu vim por você*. Se pretendiam ser uma ameaça, com certeza não foram proferidas como tal.

"Eu não... conheço você", disse ela.

"Não", murmurou o homem. "Mas duvidou de mim."

"Duvidei?"

"Não se contentou com as histórias, com o que escreveram nas paredes. Então fui forçado a vir."

A sonolência reduziu a velocidade de sua mente a um rastejar, mas ela compreendeu a essência do que o homem estava dizendo. Que ele era uma lenda e que ela, ao duvidar dele, o forçou a abrir mão do mistério e se mostrar. Helen olhou, agora, para aquelas mãos. Uma delas estava faltando. Em seu lugar, havia um gancho.

"Vão haver algumas acusações", contou a ela. "Vão dizer que suas dúvidas derramaram sangue inocente. Mas eu me pergunto: para que serve o sangue, senão para ser derramado? E, com o tempo, o escrutínio vai passar. A polícia vai embora, as câmeras serão apontadas para algum novo terror, e eles serão deixados em paz para contar histórias sobre o Candyman outra vez."

"Candyman?", perguntou ela. Sua língua nem sequer foi capaz de formar aquela palavra inocente.

"Eu vim por você", murmurou ele tão baixo que poderia ter havido sedução no ar. E, ao dizer isso, atravessou o corredor e adentrou a luz.

Ela o conhecia, sem dúvida. Conhecera-o durante todo aquele tempo, naquele lugar reservado para os horrores. Era o homem na parede. O pintor do retrato não tinha sido um fantasista; o desenho que bramia acima dela se parecia em cada detalhe extraordinário com o homem que ela agora fitava. Ele reluzia ao ponto de ser berrante — sua pele era de um amarelo que lembrava cera, os lábios finos de um azul-pálido, os olhos selvagens cintilando como se a íris fosse incrustada de rubis. Seu paletó era todo remendado, assim como as calças. Ele era, pensou Helen, quase ridículo, com seus retalhos manchados de sangue e um toque rosado nas bochechas amareladas. No entanto, as pessoas eram superficiais. Elas precisavam dessas exibições e logros para se manter interessadas. Milagres, assassinatos, demônios expulsos, pedras roladas para fora de túmulos. O glamour barato não corrompia o sentido que havia abaixo da superfície. Eram tão somente, na história natural da mente, as penas reluzentes que atraíam as espécies para acasalarem com seu eu secreto.

E ela estava quase enfeitiçada. Pela voz dele, por suas cores, pelo zumbido de seu corpo. Porém, ela lutou para resistir ao arrebatamento. Havia um *monstro* ali, sob aquela exibição atraente; seu ninho de lâminas estava aos pés dela, ainda encharcado de sangue. Será que hesitaria em cortar sua garganta assim que pusesse as mãos nela?

Quando Candyman lhe estendeu as mãos, ela se agachou e arrebatou o cobertor, lançando-o sobre ele. Uma chuva de lâminas e doces desabou em volta de seus ombros. O cobertor caiu em seguida, cegando-o. No entanto, antes que pudesse agarrar a oportunidade de passar por ele, o travesseiro que estivera em cima do cobertor rolou na frente dela.

Não era um travesseiro. Seja lá o que continha no lamentável caixão branco que ela vira no rabecão, não era o corpo do bebê Kerry. Ele estava *ali*, aos seus pés, o rosto manchado de sangue virado para ela. Estava nu. O corpo exibia sinais da atenção do demônio por toda parte.

No espaço de tempo de dois batimentos cardíacos em que ela demorou para registrar aquele último horror, Candyman se livrou do cobertor. No esforço em se desvencilhar das dobras, seu paletó se desabotoara, e ela viu — embora seus sentidos protestassem — que o conteúdo de seu torso tinha apodrecido e a cavidade era agora ocupada por uma colmeia repleta de abelhas. Elas enxameavam na reentrância do peito do homem e se encrustavam em uma massa agitada nos restos de carne que pendiam ali. Ele sorriu diante de sua evidente repugnância.

"Doces para um doce", murmurou ele, estendendo a mão com o gancho na direção do rosto dela. Ela não conseguia mais ver a luz do mundo exterior, nem ouvir as crianças brincando em Butts' Court. Não havia como fugir para um mundo mais são do que aquele. Candyman preenchia seu campo de visão; seus membros exaustos não tinham força para mantê-lo longe.

"Não me mate", sussurrou ela.

"Você acredita em mim?", perguntou ele.

Ela assentiu devagar.

"Como não poderia?", disse ela.

"Então por que quer viver?"

Ela não entendeu e temeu que sua ignorância se mostrasse fatal, portanto não respondeu nada.

"Se você aprendesse", disse o demônio, "só um *pouquinho* comigo... você não iria implorar pela vida." A voz dele tinha se transformado em um sussurro. "Eu sou um rumor", cantarolou no ouvido dela. "É uma condição abençoada, acredite em mim. Viver nos sonhos das pessoas; ser sussurrado nas esquinas, mas sem precisar *ser*. Você entende?"

O corpo fatigado de Helen entendia. Seus nervos, cansados de tremer, entendiam. A doçura que ele oferecia era uma existência sem vida: era estar morto, mas ser lembrado por toda parte; imortal nos boatos e na pichação.

"Seja minha vítima", incitou ele.

"Não...", murmurou ela.

"Não forçarei você a nada", retrucou ele, um perfeito cavalheiro. "Não vou obrigar você a morrer. Mas pense; *pense*. Se eu matar você aqui — se eu abrir você com meu gancho", ele traçou o percurso do ferimento prometido com o gancho, avançando da virilha até o pescoço, "pense em como eles marcariam este lugar com suas conversas... apontariam conforme passavam, dizendo: '*Ela* morreu ali, a mulher de olhos verdes'. Sua morte seria uma parábola para assustar as crianças. Amantes a usariam como uma desculpa para se abraçar ainda mais."

Ela estivera certa: aquilo *era* sedução.

"A fama alguma vez foi tão fácil?", perguntou ele.

Ela fez que não com a cabeça.

"Eu prefiro ser esquecida", respondeu ela, "do que ser lembrada desse jeito."

Ele encolheu um pouco os ombros.

"O que os bons sabem?", disse ele. "Além do que os maus lhes ensinam com seus excessos?" Ele levantou o braço com o gancho. "Eu disse que não iria obrigá-la a morrer e sou fiel a minha palavra. Permita-me, contudo, pelo menos um beijo..."

Candyman se moveu na direção da mulher. Ela murmurou alguma ameaça absurda, que ele ignorou. O zumbido no corpo dele aumentara. A ideia de tocar aquele corpo, da proximidade dos insetos, foi terrível. Ela forçou os braços pesados como chumbo a mantê-lo distante.

Aquele rosto lúgubre eclipsou o retrato na parede. Ela não conseguiu se forçar a tocá-lo, então, em vez disso, recuou. O ruído das abelhas aumentou; algumas, de tão excitadas, tinham rastejado garganta acima e voavam para fora da boca de Candyman. Elas subiam por seus lábios; entravam em seus cabelos.

Ela implorou repetida vezes para que a deixasse em paz, mas ele não foi apaziguado. Por fim, Helen não tinha mais para onde recuar; a parede estava às suas costas. Preparando-se contra as picadas, colocou as mãos no peito coberto de abelhas e empurrou. Conforme fazia isso, a mão dele disparou para a frente e envolveu sua nuca, o gancho arranhando a pele corada da garganta. Ela sentiu o sangue escorrer; teve certeza de que Candyman abriria sua jugular com um único corte terrível. Contudo, ele dera sua palavra e foi fiel à promessa.

Despertadas pelo movimento súbito, as abelhas se espalharam por toda parte. Ela sentiu os insetos se movendo sobre si, procurando bocados de cera em seus ouvidos e açúcar em seus lábios. Porém, não fez nenhuma tentativa de espantá-las. O gancho estava no pescoço dela. Ao menor movimento, ele poderia feri-la. Ela estava presa, como nos pesadelos que tinha na infância, com todas as chances de fuga frustradas. Quando o sono trazia tal desesperança — os demônios por todos os lados, esperando para fazê-la em pedacinhos —, restava-lhe um truque. Deixar-se levar; desistir de todas as ambições de viver, abandonando o corpo na escuridão. Agora, enquanto o rosto de Candyman pressionava o seu, e os ruídos das abelhas abafavam sua própria respiração, ela jogou aquele trunfo. E, tão certo quanto nos sonhos, o quarto e o demônio foram obscurecidos e desapareceram.

Ela despertou da claridade para a escuridão. Houve diversos momentos de pânico quando não conseguiu se lembrar de onde estava, e então mais alguns quando enfim lembrou. Não havia dor em seu corpo, todavia. Ela levou a mão ao pescoço; encontrava-se, salvo o pequeno corte feito pelo gancho, intocado. Ela estava deitada no colchão, percebeu. Teria sido atacada enquanto esteve desmaiada? Com muito cuidado, examinou o corpo. Não sangrava; as roupas não foram tocadas. Candyman tinha, ao que parecia, apenas reivindicado seu beijo.

Ela se sentou. Havia pouquíssima luz entrando através da janela coberta de tábuas — e nenhuma vinha da porta da frente. Talvez estivesse fechada, raciocinou. Mas não; mesmo naquele instante, ela ouvia alguém sussurrando na soleira. A voz de uma mulher.

Helen não se mexeu. Eram loucas, aquelas pessoas. Souberam o tempo todo o que sua presença em Butts' Court invocara, e o tinham *protegido* — aquele psicopata coberto de mel; ofereceram-lhe uma cama e bombons, esconderam-no de olhos enxeridos e mantiveram silêncio quando ele levou sangue às suas portas. Até mesmo Anne-Marie, com os olhos secos no corredor de sua casa, sabendo que seu filho estava morto a poucos metros dali.

A criança! Era a prova de que precisava. De algum modo, eles tinham conspirado para retirar o corpo do caixão (com o que poderiam tê-lo substituído? Um cachorro morto?), levando-o até aquele tabernáculo de Candyman como um brinquedo ou uma amante. Ela levaria o bebê Kerry consigo — para a polícia — e contaria toda a história. Qualquer que fosse a parte na qual acreditariam, e era provável que fosse uma parcela muito pequena, a veracidade do corpo da criança era incontestável. Assim, pelo menos alguns dos malucos sofreriam por aquela conspiração. Sofreriam pelo sofrimento *dela*.

O sussurro à porta tinha parado. Agora alguém estava se movendo na direção do quarto. Quem quer que fosse, não tinha levado nenhuma lanterna. Helen se encolheu toda, esperando que pudesse evitar ser detectada.

Uma figura apareceu na soleira da porta. A escuridão era impenetrável demais para que conseguisse enxergar mais do que uma figura esguia, que se abaixou e pegou um embrulho no chão. Uma cascata de cabelo loiro identificou a recém-chegada como Anne-Marie: o embrulho que ela estava pegando era, sem dúvida, o cadáver de Kerry. Sem olhar na direção de Helen, a mãe se virou e caminhou para fora do quarto.

Helen ouviu com atenção conforme os passos retrocediam pela sala de estar. Depressa, ficou de pé e atravessou o corredor. De lá, pôde distinguir o vago contorno de Anne-Marie na soleira da porta do apartamento. Nenhuma luz ardia no pátio além. A mulher desapareceu e Helen seguiu o mais depressa que pôde, os olhos fixos na porta adiante. Ela tropeçou uma vez, e mais outra, mas alcançou a porta a tempo de ver a forma imprecisa de Anne-Marie noite afora.

Ela saiu do apartamento para o céu aberto. Estava frio; não havia estrelas. Todas as luzes nas sacadas e nos corredores estavam apagadas. Tampouco havia iluminação nos apartamentos; nem mesmo o brilho de uma televisão. Butts' Court estava deserto.

Ela hesitou antes de perseguir a jovem. Por que não fugia agora, a covardia tentou persuadi-la, para encontrar o caminho de volta até o carro? No entanto, se fizesse isso, os conspiradores teriam tempo para esconder o corpo da criança. Quando voltasse com a polícia, haveria lábios selados e ombros encolhidos, e lhe diriam que tinha imaginado o cadáver e Candyman. Todos os horrores que vivenciara voltariam a ser apenas rumores outra vez. Palavras em uma parede. E todos os dias que vivesse, dali em diante, ela iria se odiar por não ter perseguido a sanidade.

Helen seguiu adiante. Anne-Marie não estava dando a volta pelo bloco, mas caminhava na direção do centro do gramado, no meio do pátio. Para a fogueira! Sim, para a fogueira! Ela assomava diante de Helen agora, mais escura do que o céu noturno. Era possível distinguir a silhueta de Anne-Marie se movendo até a borda da pilha de madeira e móveis, e se abaixando para chegar ao centro. Era assim que eles planejavam eliminar a prova. Enterrar a criança não era confiável o suficiente; mas cremá-la e pulverizar os ossos — quem poderia desconfiar?

Helen parou a dez metros da pirâmide e observou enquanto Anne-Marie saía e se afastava, fundindo sua silhueta à escuridão.

Rapidamente, Helen andou através da grama alta e encontrou o espaço estreito entre a pilha de madeira dentro da qual Anne-Marie tinha colocado o corpo. Ela achou que podia ver a forma pálida; fora depositada em uma cavidade. Não conseguia alcançá-la, porém. Agradecendo a Deus por ser tão esguia quanto a mãe, ela se espremeu pela abertura estreita. Seu vestido ficou preso em um prego enquanto o fazia. Virou-se para soltá-lo, os dedos trêmulos. Quando voltou a se virar para a frente, tinha perdido o cadáver de vista.

Ela tateou às cegas diante de si, as mãos encontrando madeira e trapos, e o que parecia ser o encosto de uma poltrona velha, mas nada da pele fria da criança. Havia se preparado para o contato com o corpo; suportara coisas piores do que pegar um bebê morto nas últimas horas. Determinada a não ser derrotada, ela avançou um pouco mais, as canelas arranhadas e os dedos espetados por lascas. Lampejos de luz apareciam nos cantos de seus olhos doloridos; o sangue pulsava em seus ouvidos. Mas ali, *ali!* — o corpo estava a pouco mais de um metro à sua frente. Ela se abaixou para esticar o braço por baixo de uma viga de madeira, mas seus dedos erraram o lamentável embrulho por centímetros.

Helen então esticou o braço ainda mais, o martírio em sua cabeça aumentando, mas ainda não conseguia alcançar a criança. Tudo o que podia fazer era se dobrar e se espremer para dentro do esconderijo que os garotos tinham deixado no centro da fogueira.

Foi difícil atravessar. O espaço era tão pequeno que mal podia rastejar apoiada nas mãos e nos joelhos, mas conseguiu. O cadáver da criança estava de bruços. Ela lutou contra os últimos resquícios de náusea e avançou para pegá-lo. Conforme o fazia, alguma coisa caiu em seu braço. O choque a assustou. Ela quase gritou, mas reprimiu o impulso e afastou a irritação. A coisa zumbiu enquanto se elevava de sua pele. A pulsação que sentira nos ouvidos não era seu sangue, mas a colmeia.

"Eu sabia que você viria", disse a voz atrás dela, e uma mão larga cobriu seu rosto. Ela caiu para trás e Candyman a abraçou. "Temos que ir", disse ele em seu ouvido, enquanto uma luz oscilante se derramava por entre as madeiras empilhadas. "Precisamos nos colocar a caminho, você e eu."

Ela lutou para se desvencilhar do abraço, para gritar que não acendessem a fogueira, mas ele a segurou perto de si como um amante. A luz ficou mais intensa: o calor veio junto; e, através das aparas e das primeiras chamas, ela pôde ver figuras se aproximando da pira, saindo da escuridão de Butts' Court. Eles tinham estado ali o tempo todo: aguardando, as luzes apagadas nas casas e as lâmpadas quebradas ao longo de todos os corredores. A conspiração final.

A fogueira se acendeu com vigor, mas, por algum truque na construção, as chamas não invadiram o esconderijo com rapidez; tampouco a fumaça se esgueirou através dos móveis para sufocá-la. Ela pôde observar como os rostos das crianças reluziam; como os pais lhes diziam para não chegar muito perto, e como elas desobedeciam; como as mulheres idosas, o sangue fino, aqueciam as mãos e sorriam para as chamas. Pouco tempo depois, o rugido e o estalar se tornaram ensurdecedores, e Candyman a deixou gritar até ficar rouca com a absoluta certeza de que ninguém poderia ouvi-la; e, mesmo que a tivessem ouvido, não teriam se mexido para reclamá-la ao fogo.

As abelhas abandonavam a barriga do demônio à medida que o ar ficava mais quente, cortando o ar em um voo aterrorizado. Algumas, tentando escapar, pegaram fogo e caíram no chão como pequenos meteoros. O corpo do bebê Kerry, que repousava próximo das chamas rastejantes, começou a cozinhar. Seu cabelo aveludado soltava fumaça; suas costas formavam bolhas.

Em pouco tempo, o calor se esgueirou pela garganta de Helen e a queimou até as súplicas serem interrompidas. Ela afundou, exausta, nos braços de Candyman, entregando-se ao triunfo dele. Em breve, estariam a caminho, como ele prometera, e não havia como evitar.

Talvez eles se lembrassem dela, como Candyman dissera que fariam, ao encontrar seu crânio fendido nas cinzas do amanhã. Talvez ela pudesse se tornar, com o tempo, uma história com a qual as crianças seriam amedrontadas. Ela mentira quando disse que preferia a morte à tal fama questionável. Não preferia. Quanto ao seu sedutor, ele riu à medida que a conflagração os encontrava. Não havia permanência para ele na morte daquela noite. Seus atos estavam em uma centena de paredes e dez mil lábios e, caso duvidassem dele outra vez, sua congregação poderia invocá-lo com doçuras. Ele tinha motivos para rir. Portanto, conforme as chamas rastejavam por cima deles, ela também riu, enquanto, através do fogo, teve um vislumbre de um rosto conhecido se movendo entre os espectadores. Era Trevor. Ele desistira do jantar no Apollinaire's e fora procurá-la.

Ela o observou enquanto Trevor questionava esse e aquele vigilante do fogo, mas todos balançavam a cabeça, fitando o tempo todo a pira com sorrisos enterrados nos olhos. Pobre tolo, pensou ela, seguindo suas tolices. Ela desejou que ele olhasse além das chamas na esperança de que pudesse vê-la queimando. Não para que a salvasse da morte — ela já tinha, tempos atrás, passado do ponto de ter esperanças —, mas porque sentia pena dele em sua perplexidade e queria lhe oferecer, embora ele não fosse agradecê-la por isso, alguma coisa com a qual pudesse ser assombrado. Isso e uma história para contar.

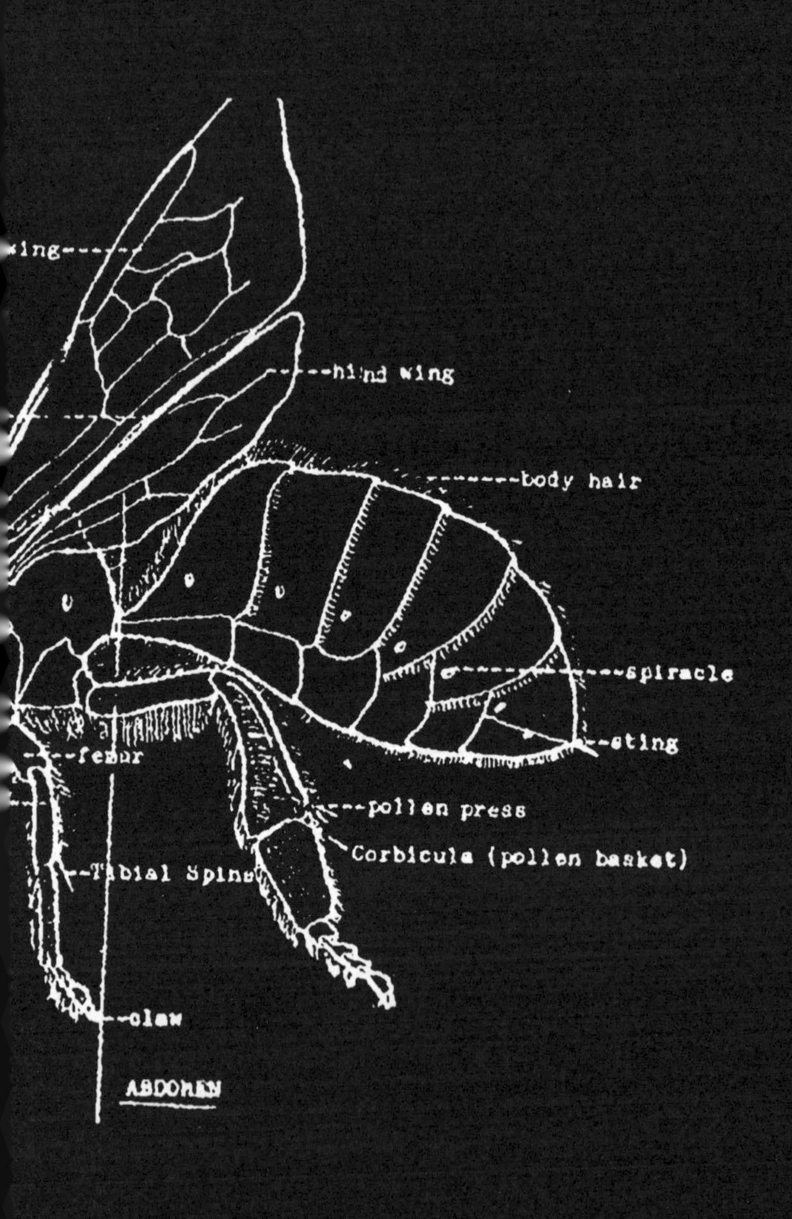

hind wing
body hair
spiracle
sting
femur
pollen press
Corbicula (pollen basket)
Tibial Spine
claw
ABDOMEN

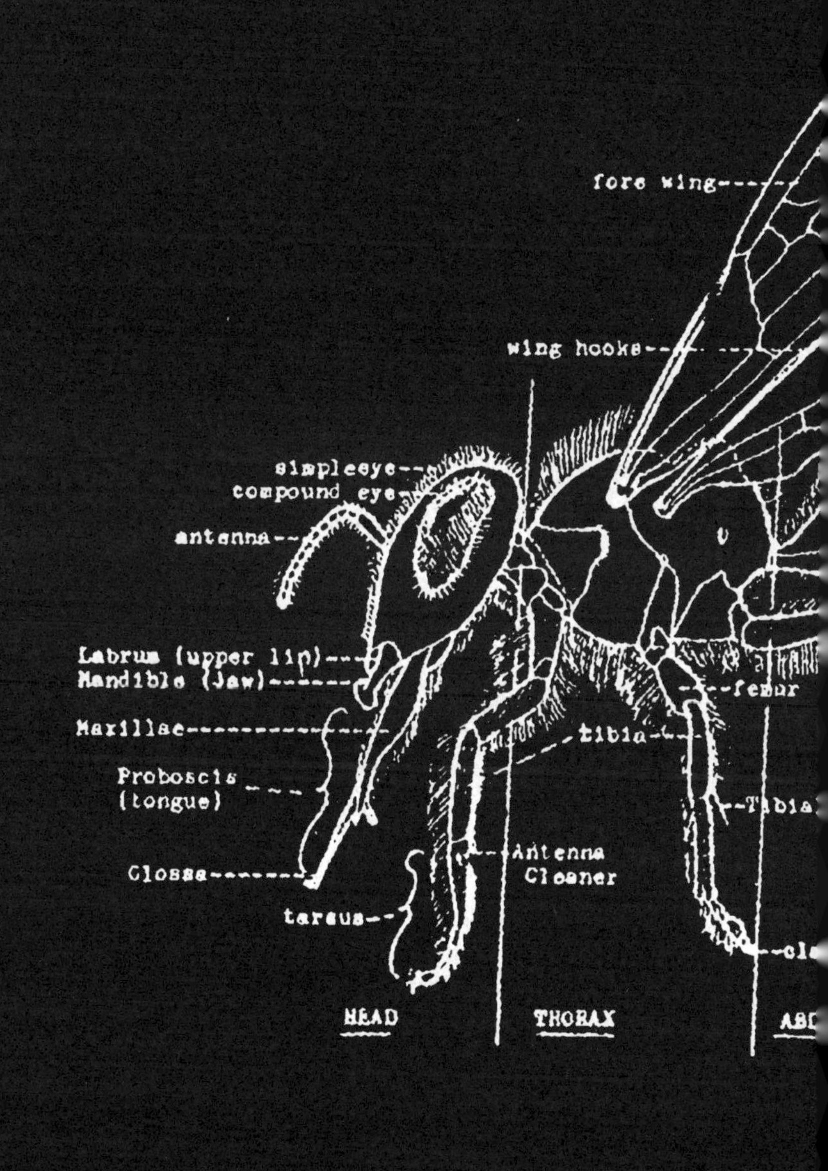
fore wing
wing hooks
simpleeye
compound eye
antenna
Labrum (upper lip)
Mandible (Jaw)
Maxillae
Proboscis
(tongue)
Glossa
tarsus
femur
tibia
Antenna
Cleaner
HEAD
THORAX

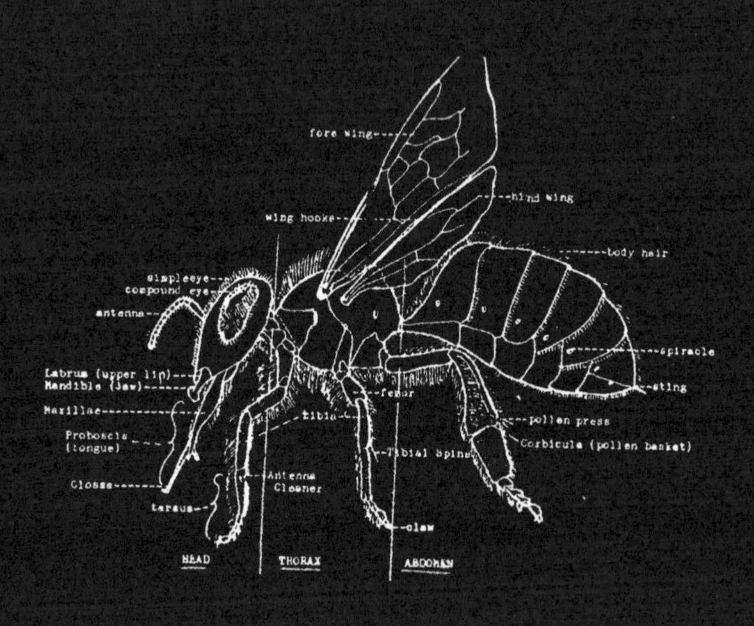
fore wing
hind wing
wing hooks
body hair
simpleeye
compound eye
antenna
spiracle
Labrum (upper lip)
Mandible (Jaw)
sting
femur
Maxillae
tibia
pollen press
Proboscis
(tongue)
Tibial Spine
Corbicula (pollen basket)
Glossa
Antenna
Cleaner
tarsus
claw
HEAD
THORAX
ABDOMEN

DOCES PARA UM DOCE

posfácio **CARLOS PRIMATI**

"Acredite em mim": a frase escrita na parede com sangue pelo assassino sobrenatural Candyman — cena que faz parte de um dos filmes da trilogia do personagem — é um recado (e uma ameaça) deixado para uma de suas vítimas em potencial. É também a essência de sua existência: a lenda urbana sobrevive por meio de histórias que são contadas e recontadas de uma pessoa à outra, fofocas, rumores, boatos que reinventam e regeneram o mito; é sempre algo aterrorizante que realmente *aconteceu*, um fato chocante cuja veracidade é atestada por "um amigo do colega de quarto de meu namorado". Embora vaga e genérica, é uma *fonte*, portanto deve ser verdade. É necessário crer. Ou então...

Histórias de terror existem desde que o primeiro homem relatou aos semelhantes situações de medo e perigo — e percebendo com isso a força de tais narrativas para apavorar, intimidar e mesmerizar uma plateia. O tempo transformou esses relatos em histórias orais de caráter moralista, alegorias para alertar sobre os perigos de se aventurar por determinados locais e mexer com forças desconhecidas. A origem do horror como um aviso para que se tenha cuidado com o misterioso e com o *proibido*. Uma porta que não deve ser aberta, pois atrás dela esconde-se um *monstro*, que metaforicamente materializa horrores reais ou imaginários que a pessoa já traz dentro de si.

A tradição oral manteve viva a cultura das histórias assustadoras — como as lendas primitivas e os contos de fadas — e a escrita possibilitou a transcrição e a perpetuação desses relatos. Em fins do século XVIII e início do XIX, autores britânicos como Horace Walpole, Matthew Gregory Lewis e Ann Radcliffe definiram os padrões da literatura gótica; em seguida, vieram os pilares do horror nas letras — *Frankenstein*, *Drácula*, *O Médico e o Monstro*, *O Retrato de Dorian Gray*, *A Volta do Parafuso*. O cinema, um fenômeno tecnológico e cultural da era industrial, apropriou-se do potencial de *fantasmagoria* e levou às telas, com luzes e sombras, esses mesmos monstros e contos.

Livros e filmes, porém, não substituíram totalmente a narrativa oral: as lendas urbanas surgiram no mundo moderno como uma maneira alegórica dos moradores de grandes cidades se relacionarem com os perigos desse ambiente hostil e caótico, tendo a violência cotidiana espelhada e ampliada em relatos sensacionalistas de crimes grotescos que, embora repletos de detalhes improváveis, invariavelmente são repetidos como a mais pura verdade.

Para que serve o sangue, senão para ser derramado?

O conto "The Forbidden" ("O Proibido", em tradução livre), de Clive Barker, publicado em 1985, aborda o tema da lenda urbana apresentando um monstro original — Candyman, o "Homem dos Doces" — ao mesmo tempo em que examina o próprio mecanismo que mantém vivo o mito. Conta a história da universitária Helen Buchanan, que trabalha em uma tese acadêmica sobre pichações em locais públicos e suas implicações estéticas e sociológicas — ela o define como um estudo sobre o "desespero urbano". O cenário escolhido é o conjunto habitacional da Spector Street, uma região decadente, depredada e miserável, tomada pela marginalidade, pobreza e imundice. É também uma verdadeira galeria aberta de arte de rua, com suas incontáveis pichações e grafites. Durante suas visitas ao local, Helen fica particularmente fascinada pelo grafite de uma enorme cabeça pintada na parede de um quarto, com a boca localizada em uma porta. No mesmo cenário, uma frase que Helen havia observado em outras paredes do conjunto habitacional: "Doces para um doce". Posteriormente, ela vai perceber que essas pichações simbolizam muito mais do que a manifestação malcomportada de jovens desocupados, oprimidos e rebeldes: os grafites de Spector Street são a tradução gráfica da lenda urbana, gritos de alerta sobre o perigo que ronda o gueto, com o qual os moradores precisam conviver — não existe escapatória do *monstro*.

Anne-Marie, uma jovem moradora, interpela Helen sobre suas visitas ao local, e acaba lhe contando sobre um crime violento ocorrido ali. Um homem misterioso, com um gancho no lugar de uma das mãos, matou um idoso e lhe arrancou os olhos. Embora um tanto incrédula a princípio, Helen fica obcecada pela história e começa a investigar a veracidade do relato; ela praticamente abandona o tema original de seu estudo e se concentra na história do monstro mítico que aterroriza a Spector Street. Outras duas mulheres revelam o caso grotesco de um menino deficiente mental que teve o pênis arrancado em um banheiro público, pela mesma figura sinistra com gancho. Helen se vê fisgada pela lenda urbana do homem que os moradores chamam de Candyman, mergulhando em um mundo de pavor e desespero.

O que até então era uma espécie de fascínio mórbido por parte da estudante se transforma em puro terror quando o bebê de Anne-Marie é degolado por um invasor misterioso: Candyman voltou a agir. Ao ter sua existência ameaçada pela incredulidade de Helen, a lenda urbana se materializou para regenerar o próprio mito. "Vão dizer que suas dúvidas derramaram sangue inocente. Mas eu me pergunto: para que serve o sangue, senão para ser derramado?", filosofa o monstro. As últimas páginas do conto narram o derradeiro encontro de Helen e Candyman, descrito com cheiro de algodão-doce e zumbido de abelhas. O monstro pede a Helen que seja sua vítima, prometendo-lhe com isso uma existência transcendental: "Sua morte seria uma parábola para assustar as crianças". O clímax acontece quando uma enorme fogueira é acesa, Helen dentro dela, junto com o bebê morto e seu algoz, uma cerimônia de queima que transformará a moça em uma nova lenda urbana. A queima regular de lixo, dejetos e móveis quebrados é prática comum na comunidade, praticamente abandonada pela sociedade — o lixo nem sequer é mais coletado. Para Helen, a queima é um recomeço: "Viver nos sonhos das pessoas; [...] mas sem precisar *ser*".

O horror no gueto

O conto de Barker passou por ajustes pontuais na narrativa ao ser levado às telas em 1992, com o título *Candyman* — lançado nos cinemas brasileiros como *O Mistério de Candyman* —, mas preservando a essência do original. Escrito e dirigido pelo inglês Bernard Rose e tendo Clive Barker como produtor executivo, *Candyman* tem seu cenário alterado da Inglaterra para os Estados Unidos, na cidade de Chicago. Helen, vivida por Virginia Madsen, está trabalhando em uma tese acadêmica sobre lendas urbanas — e não mais sobre pichações — e, com isso em mente, visita a perigosa região de Cabrini-Green, onde dizem que uma figura sinistra conhecida como Candyman, com um gancho no lugar da mão direita, tem cometido mortes sangrentas. Helen tem uma colega (Bernadette, apenas mencionada no conto) que a acompanha em sua pesquisa, ganhando uma interlocutora com quem compartilhar seus pensamentos.

O filme incorpora de maneira perspicaz outras conhecidas lendas urbanas na composição do monstro do título: Candyman aparece quando seu nome é chamado cinco vezes seguidas diante do espelho, de maneira similar ao mito de Bloody Mary (ou a Loura do Banheiro, no Brasil). O espelho se torna um elemento decisivo na narrativa, não somente como o portal que dá acesso à morada mágica de Candyman e a passagem que o traz ao mundo real, mas principalmente como um símbolo das existências duplicadas de Helen e de seu perseguidor: nesse sentido, a ideia mais provocadora é a descoberta que ela faz de que seu supostamente luxuoso apartamento foi originalmente concebido como um conjunto habitacional popular idêntico a Cabrini-Green, e é através do buraco na parede onde ficava o espelho que ela comprova essa suspeita. Outras cenas com Helen entrando em ambientes por buracos de espelho reiteram esse poderoso símbolo de duplicidade.

Também central à narrativa do filme é a questão racial — inexistente no conto — que amplia o abismo cultural entre o observador e o objeto de estudo, na figura dos moradores de Cabrini-Green: o local é um gueto habitado por negros pobres, muitos deles envolvidos com criminalidade (tráfico de drogas, gangues de rua, vadiagem). E, principalmente, Candyman, interpretado de maneira excepcional por Tony Todd (visto dois anos antes na refilmagem de *A Noite dos Mortos-Vivos*, o cultuado filme de zumbis, e mais tarde uma figura sinistra na cinessérie *Premonição*), que com esse papel ganhou lugar entre os ícones do cinema de terror — o único negro desta seleta galeria que tem astros como Bela Lugosi, Boris Karloff, Peter Lorre, Peter Cushing, Christopher Lee, Vincent Price e Robert Englund.

A figura sóbria, até mesmo elegante e imponente, de Tony Todd como Candyman em nada se assemelha às características físicas do monstro descrito no conto, bastante peculiares:

> Ele reluzia ao ponto de ser berrante — sua pele era de um amarelo que lembrava cera, os lábios finos de um azul-pálido, os olhos selvagens cintilando como se a íris fosse incrustada de rubis. Seu paletó era todo remendado, assim como as calças. Ele era, pensou Helen, quase ridículo, com seus retalhos manchados de sangue e um toque rosado nas bochechas amareladas.

A relação de predador e presa entre Candyman e Helen também ganha uma camada de tensão sexual que o conto não explora: o vilão tem uma influência quase hipnótica sobre a moça, assemelhando-se mais a Drácula do que a qualquer assassino em série das telas. Essa proximidade com os monstros clássicos — e uma reivindicação ao cânone do horror — é reforçada por um diálogo do filme: "Candyman não é real, é apenas uma história, como *Drácula* ou *Frankenstein*", afirma Helen para um garotinho que tem medo de ser pego pela figura mítica. "Eu sou a escrita na parede, o sussurro nas salas de aula; sem essas coisas, nada sou", diz Candyman a Helen. A questão do mito que ganha vida por meio da crença que se tem nele norteia o filme, ao mesmo tempo em que a obsessão da estudante pelo mito — ela é a única que sobrevive aos encontros com Candyman — sugerem uma leitura alternativa do filme, ainda mais instigante, na qual ela própria teria enlouquecido e cometido os crimes, obcecada pelo assassino do gancho. "Sempre foi você, Helen" — o recado deixado na parede por Candyman permite múltiplas interpretações.

Em outra mudança substancial, no filme o bebê de Anne-Marie não morre — é apenas sequestrado por Candyman para atrair Helen até seu esconderijo, mas é salvo pela própria moça. O destino dela é o mesmo do conto: queimada na fogueira, ela também torna-se uma lenda urbana cuja presença sobrenatural é invocada quando seu nome é chamado diante do espelho; mas, dessa vez, fora do gueto — é o marido de Helen, um sujeito patético e desprezível tanto no conto quanto no filme, quem morre ao receber a visita do espectro da esposa morta, enquanto sua nova namorada grita em desespero, empunhando a enorme faca que usava para preparar o jantar (outra imagem poderosa que insinua uma ambiguidade complexa). Para os moradores do conjunto habitacional, Helen é a heroína que se sacrificou no fogo para salvar o bebê; queimada, ela se assemelha a Joana d'Arc em martírio.

O filme também relata a origem humana de Candyman, em um episódio situado em meados de 1890: filho de escravos, sua família enriqueceu quando o pai projetou um aparelho de produção em massa de sapatos durante a Guerra Civil norte-americana

(1861–1865). O rapaz estudou nas melhores escolas e tinha talentos artísticos, pintando retratos das pessoas com melhores posições na sociedade. Foi contratado por um rico fazendeiro para pintar a beleza virginal de sua filha. Eles se apaixonaram e ela engravidou. O pai da moça mandou então executar uma vingança cruel: o rapaz foi perseguido, teve a mão direita decepada com um serrote enferrujado e o corpo nu coberto de mel, sendo picado até a morte por enxames de abelhas. Queimaram seu corpo em uma fogueira e espalharam as cinzas por Cabrini-Green, dando origem ao mito do assassino vingativo. Diante de tamanha força, a trajetória desse novo personagem do horror cinematográfico não se limitaria a um único longa-metragem.

O horror em família

O sucesso do filme motivou duas continuações — *Candyman 2: A Vingança* e *Candyman 3: Dia dos Mortos* — que expandiram o universo e se aprofundaram na biografia do personagem-título, mas pouco acrescentaram de interessante à criação original de Clive Barker. *Candyman 2*, cujo título em inglês é *Candyman: Farewell to the Flesh* ("adeus à carne", significado do termo "carnaval", pois a trama é ambientada durante o Mardi Gras, em New Orleans), foi lançado em 1995, com direção de Bill Condon. Barker novamente foi produtor executivo e escreveu o argumento — roteirizado por Rand Ravich e Mark Kruger — e deu nome e sobrenome a Candyman: ele se chama Daniel Robitaille e nasceu na Louisiana; sua paixão proibida é Caroline Sullivan, filha de um rico fazendeiro. Revoltado com o romance, o pai dela manda seus capangas torturarem e matarem Daniel (da mesma forma cruel que foi vista no segundo filme). Assim, a alma dele fica aprisionada no espelho de Caroline; ela está grávida e, mais tarde, dá à luz uma menina chamada Isabel.

O filme é contado do ponto de vista de Annie Tarrant (Kelly Rowan), uma professora que ensina arte para crianças de uma comunidade carente. Ela enfrenta uma série de dramas na família depois da morte violenta do pai, a alienação da mãe e a prisão do irmão, suspeito de ter assassinado um professor universitário que escreveu um livro sobre o mito de Candyman. Depois de imprudentemente chamar o nome do vilão cinco vezes diante do espelho (para provar aos alunos a inexistência do monstro), ela mais tarde é visitada pelo assassino do gancho, que mata o marido dela diante de seus olhos. Decidida a investigar o mistério, Annie acaba descobrindo que Isabel, filha de Daniel Robitaille e Caroline Sullivan, era sua bisavó, e que, para acabar com a maldição de família, ela deve encontrar o espelho que fora de sua ancestral e destruí-lo.

Candyman 2 tem ritmo ágil e muitas mortes sangrentas, mas sofre pelo excesso de sustos falsos, do tipo que faz o espectador pular na poltrona, mas nada acrescenta à narrativa. Por outro lado, faz um uso inteligente de espelhos como metáfora de um mundo paralelo, que pode tanto representar o sobrenatural quanto a loucura. Contudo, a maior contribuição é o flashback mostrando em detalhes como foi o castigo e a morte de Daniel Robitaille, o que provoca uma inevitável empatia pelo vilão. Ao final, Annie descobre estar grávida (alertada pelo próprio Candyman) e dá à luz uma menina que recebe o nome de Caroline, deixando a porta aberta para outra continuação.

A trilogia se concretizou com *Candyman 3: Dia dos Mortos*, originalmente intitulado *Candyman: Day of the Dead*, lançado em 1999. Escrito por Al Septien e Turi Meyer, dirigido por Meyer e contando com Tony Todd como coprodutor, este filme não tem qualquer envolvimento de Clive Barker. Outra festividade, outro cenário: desta vez, a trama se desenrola às vésperas do feriado do Día de los Muertos em meio a comunidade latina no Sul dos Estados Unidos. Donna D'Errico faz o papel da jovem Caroline, cujo trisavô foi Daniel Robitaille. Sua mãe morreu de maneira violenta — supostamente cometeu suicídio — e ela tenta acabar com o estigma de sua família estar por trás da lenda urbana do Candyman. Para isso organiza uma exposição de arte com os quadros de seu trisavô, mas o dono da galeria usa o nome de Candyman como gancho para publicidade. Desafiada a dizer o nome do monstro cinco vezes diante de um espelho exposto na galeria, Caroline relutantemente o faz. E a matança recomeça.

A redundância e a repetição são o maior pecado de *Candyman 3*: mais uma vez, a moça é suspeita das mortes, como nos dois filmes anteriores, e outra vez ela vai enlouquecendo devido à sua condição. As aparições de Candyman ainda são o grande momento do filme, mas suas frases provocantes não fazem mais efeito, ficaram bobas. Dessa vez, para eliminar o *mal* que Candyman representa, é necessário destruir sua parte *boa*: seus quadros. Caroline queima o autorretrato de Daniel Robitaille e o monstro morre em definitivo.

O interesse de Clive Barker pelo cinema é antigo: tinha pouco mais de vinte anos quando realizou dois curtas experimentais de horror — *Salome* (1973) e *The Forbidden* (1978), este último sem qualquer relação com o conto homônimo. Roteirizou dois longas de terror um tanto obscuros (mas ambos lançados em VHS no Brasil) — *Underworld* (*Subterrâneos: A Revolta dos Mutantes*, 1985), *Rawhead Rex* (*Monster: A Ressurreição do Mal*, 1986) — e em seguida escreveu e dirigiu a obra-prima *Hellraiser* (*Renascido do Inferno*), lançada em 1987 e originando uma franquia que continua crescendo até hoje. *Candyman* não fica atrás: o conto *The Forbidden* e sua adaptação para o cinema estão entre o que de melhor foi feito no gênero do horror nas décadas de 1980 e 1990. Podemos inclusive encontrar semelhanças em como o mal é evocado tanto em *Hellraiser* quanto em *Candyman*. Com o "Homem dos Doces", Clive Barker conseguiu a proeza de criar um personagem icônico e ao mesmo tempo colocar em debate a origem do medo na sociedade contemporânea e o papel da lenda urbana: dizer em voz alta repetidas vezes o nome temível nada mais é do que a verbalização da crença — é "querer acreditar". O espectador crédulo que compactua com o faz de conta do narrador é o que mantém viva a tradição, a superstição, o flerte com o desconhecido. E com o proibido.

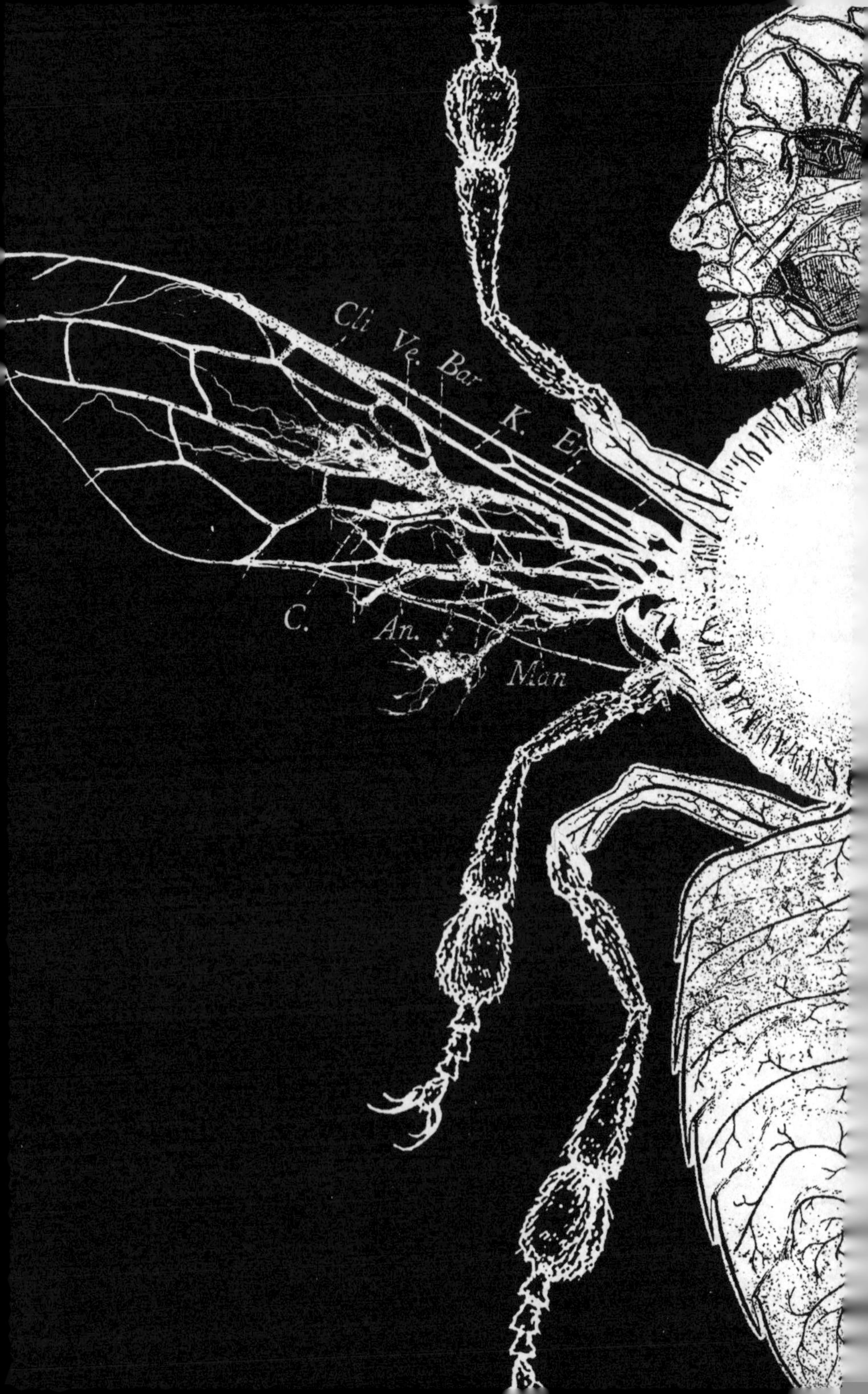
Cli
Ve.
Bar
K.
Er
C.
An.
Man

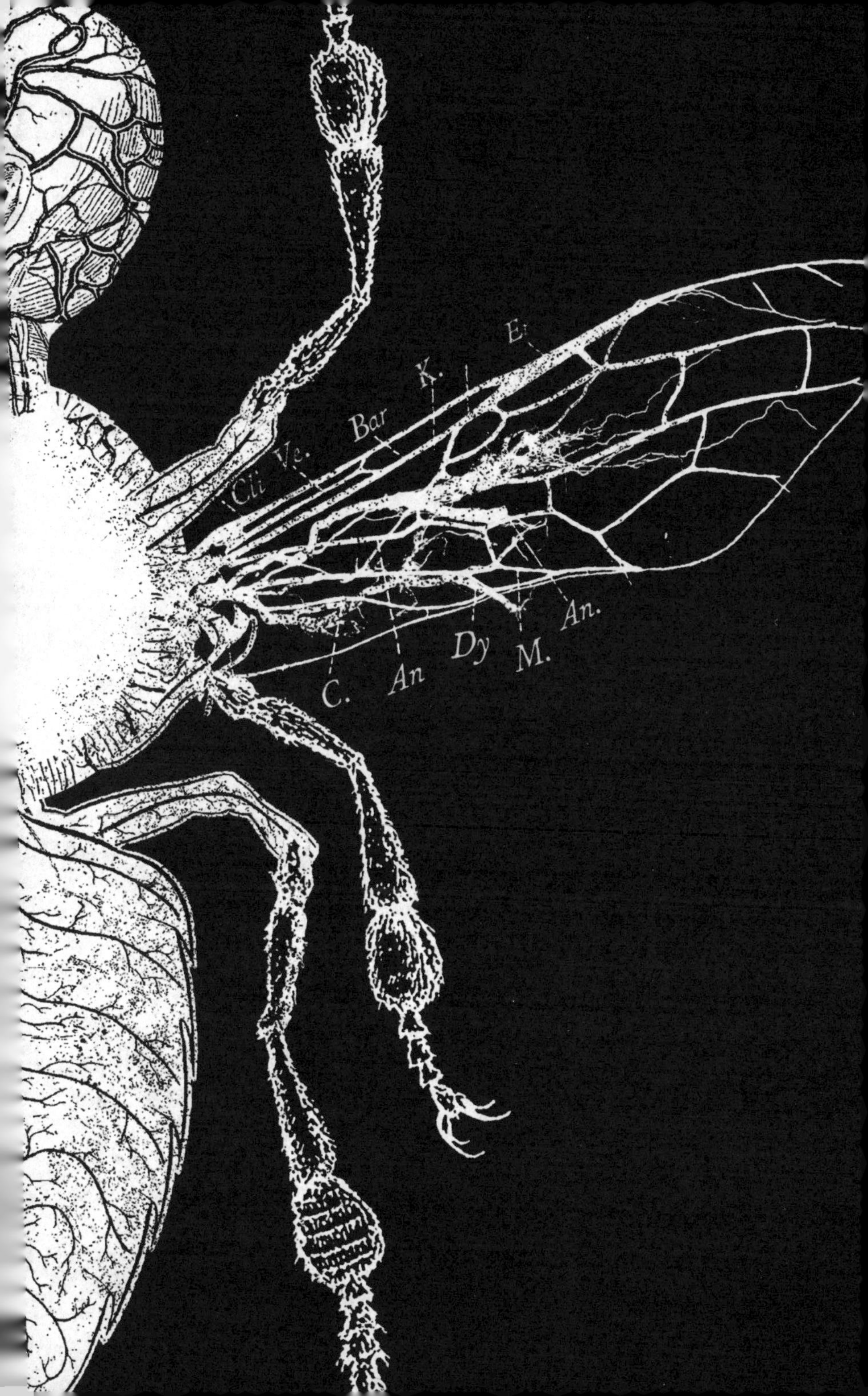
E.
K.
Bar
Ve.
Cli
C.
An
Dy
M.
An.

CLIVE BARKER é um homem renascentista de nossos tempos. Escreveu mais de vinte best-sellers de terror, incluindo *Imajica*, *Livros de Sangue* e a série de livros infantis *Abarat*. Produtor, roteirista e diretor de cinema, é o criador por trás das franquias *Hellraiser* e *Candyman*. O filme *O Último Trem* é baseado em um de seus contos. Dirigiu o videoclipe "Hellraiser", do Motörhead. Desenvolveu os games *Undying* e *Clive Barker's Jericho*. É artista plástico. Dele, a DarkSide® Books publicou *Hellraiser* (2015) e *Evangelho de Sangue* (2016). Saiba mais em **clivebarker.info.**

CARLOS PRIMATI é jornalista, crítico, pesquisador de cinema e tradutor. Para a DarkSide® Books, traduziu contos de *Mary Shelley*, incluídos na edição de *Frankenstein*, o livro sobre *Twin Peaks* e outras obras com bastidores de cinema e televisão. Especializado em filmes brasileiros de horror, organizou a obra do cineasta *José Mojica Marins* para o apêndice de quase cem páginas que acompanha o livro *Zé do Caixão – Maldito: A Biografia*. Ministra cursos e palestras sobre cinema de gênero, do expressionismo alemão ao terror contemporâneo.

CLIVE
BARKER

CANDYMAN

DARKSIDE

"O corpo é o templo onde a natureza pede
para ser reverenciada." — **Marquês de Sade**